U0131545

陀螺

唐敏 著

台海出版社

图书在版编目（CIP）数据

陀螺 / 唐敏著 . -- 北京 ： 台海出版社， 2023.7
ISBN 978-7-5168-3603-3

Ⅰ . ①陀… Ⅱ . ①唐… Ⅲ . ①话剧剧本－作品集－中国－当代 Ⅳ . ① I234

中国国家版本馆 CIP 数据核字 (2023) 第 139462 号

陀 螺

著　　者：唐　敏

出 版 人：蔡　旭　　　　封面设计：树上微出版
责任编辑：王　艳

出版发行：台海出版社
地　　址：北京市东城区景山东街 20 号　　邮政编码：100009
电　　话：010-64041652（发行，邮购）
传　　真：010-84045799（总编室）
网　　址：www.taimeng.org.cn/thcbs/default.htm
E － mail：thcbs@126.com

经　　销：全国各地新华书店
印　　刷：武汉市卓源印务有限公司
本书如有破损、缺页、装订错误，请与本社联系调换

开　　本：880 毫米 ×1230 毫米　　1/32
字　　数：122 千字　　印　　张：7
版　　次：2023 年 7 月第 1 版　　印　　次：2023 年 7 月第 1 次印刷
书　　号：ISBN 978-7-5168-3603-3

定　　价：68.00 元

版权所有　翻印必究

目录 Contents

汽　水
QISHUI

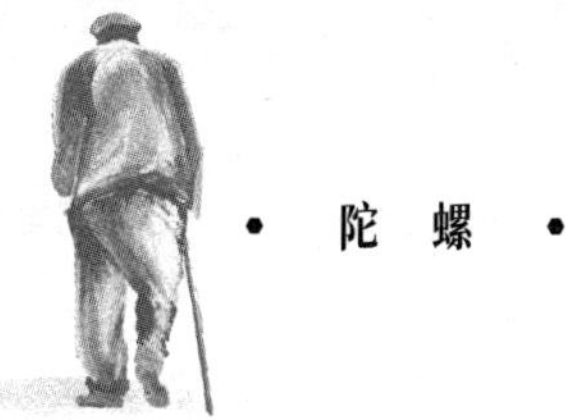

人 物

曾秀芬——女，三十六岁，李东娃老婆，左腿瘸，“东娃杂货铺”老板娘。

李东娃——男，三十九岁，曾秀芬老公，高大强壮，看上去有些显老，“东娃杂货铺”老板。

李 沁——男，十四岁，中学生，曾秀芬和李东娃的儿子。

安三娃——男，二十四岁，从小和李东娃一起长大，个子瘦小。

李忠义——男，六十来岁，李东娃父亲。

李 母——女，六十来岁，李东娃母亲。

五 嫂——女，三十多岁，李东娃家邻居。

李显民——男，村主任，五十来岁。

村民甲——男，四十来岁。

村民乙大兵——男，四十来岁。

村民丙小武——女，三四十岁。

接生婆王嬢——女，五六十岁。

村医生李贵——男，四十多岁。

其 他——村民男女若干。

序　幕

时间——2022年5月12日中午。

地点——涪城北边的“东娃杂货铺”门口。

人物——李东娃、曾秀芬、李沁。

杂货铺不是很大，门口挂着“东娃杂货铺”的牌子。牌子就是街上普通店铺的牌子，上面有个汽水广告。虽然看上去比较新色，做工却不是太讲究。铺子的货架上摆满了商品，米粮、五金、饮料以及别的杂七杂八的东西。架子很高，几乎快到屋顶。东西太多，把架子塞得很满。饮料、零食和油盐酱醋等一般日用品在架子的最前面。饮料离门最近，多是可乐和雪碧等。米面和五金依次靠后，高压锅圈和锅盖等东西在架子的最后面。杂货铺的后面有扇门，通往李家人吃饭和睡觉的地方。

杂货铺其他地方与别的杂货铺差不多，唯靠近门的角落放着一些桶装水桶。有的桶里有水，有的是空的。因为那些水桶，整个杂货铺看上去有些乱。门外有一把旧椅子，朝着观众席。椅子左边不远处有一辆三轮车，车上放着装满水的水桶。椅子右前方放着一辆电动自行车。

（曾秀芬穿着很普通的衣服，坐在椅子上，边看手机边咯咯笑。她人很好，但嘴上有些不饶人。为了生活，她学会了线上售卖东西。）

曾秀芬：哈哈哈，这个死光头太搞笑了，这鬼点子都想得出来。

（李东娃上。他穿着长袖T恤，T恤外面套了件橙色的褂子。那褂子既有点像外卖员穿的，又有点像清洁工穿的。他看了曾秀芬一眼，从三轮车上抢起桶装水往旁边扛。他善良而喜欢实干，已有些跟不上网络时代的节奏。）

李东娃（去角落里放好水桶）：你就只知道看抖音，生意不好也不晓得想办法。

曾秀芬（回头瞪了他一眼）：你咋晓得我没想办法？我这不就是在想办法嘛。（转过头仍盯着手机）哈哈哈，笑死我了，你猜我看到哪个了？前面那个卖小吃的光头，居然也和他老婆拍了视频发到网上。

李东娃：人家那是想当网红，你跟着掺和啥？

曾秀芬：为啥我就不能掺和？光头在视频里说自己之前根本就不是粑耳朵，但自从吃了他家店里的伤心凉粉，他越来越怕他老婆了。起先他不晓得为啥子，就偷偷地在旁边观察，结果发现他老婆在他的凉粉里面偷偷地加了洋苏草，于是他告诉大家，如果想把自家男人变成粑耳朵，就来他家吃伤心凉粉。

李东娃（不屑地）：伤心凉粉里面加了洋苏草能让人耳朵变粑？哼，纯粹是胡说，这都有人信？

曾秀芬：咋没人信，（举起手机）你看下面好多人留言，都说要带自己老公去他家店里吃伤心凉粉。

李东娃：这些人脑壳都有问题，再说光头他龟儿子明明在撒谎，他什么时候没怕过老婆？

曾秀芬：你管他怕不怕老婆，人家这是营销策略。

李东娃：营销也不是这么营销的，哼，现在的人，为了钱啥都做得出来。

曾秀芬：我说你死脑筋你还不信，世界在变，做生意的方式也得跟着变，前些年淘宝刚出来的时候，哪个能想到它会让那么多实体店做不下去？再说光头也只是开个玩笑，有哪个又真的相信吃碗伤心凉粉就把耳朵吃粑了？

李东娃：依我说呀，这就是吃饱了没事做。

曾秀芬：哼，和你两个说不清，我不跟你说了。（转过身站起来面对观众一边思考一边说）我在想，他的伤心凉粉把老公变成了粑耳朵，那我就拍个抖音，说我们“东娃杂货铺”的醋喝了，再泼辣的女人都会变温柔。

李东娃：你这跟风也跟得太莫得创意了，哪个女人没事会去喝醋？再说你自己都不温柔，视频发出来别人会信？

曾秀芬：你懂啥，我这叫逆向思维，越是不可能的，才越能引起别人的注意。你还记得当年那个脑白金广告不？每天都有那么多人骂，但越骂人家卖得越好。

李东娃：我不懂啥子脑白金脑黄金，我只晓得男人来我们店里买得最多的是烟。真要拍视频，还不如就拍烟。

曾秀芬（生气地）：你给我闭嘴，现在公共场合都不准抽烟，也只有你想得出这么 low 的点子。

李东娃（不高兴地）：好好好，都是你对，我不说了，总可以了吧。

曾秀芬：看样子还不服气呢，哼，当初我让你学别人网上卖东西你怎么说的，你脑子是不是进水了，谁会网购杂货铺的东西。怎么样呢，如果不是网上卖货，你的店现在还开得下去？

李东娃（被曾秀芬戳到了痛点，于是笑着上前扶曾秀芬坐下）：我都说了是我不对，你咋还翻老话呢。我老婆这么能干，我哪有不服气的，你先坐下休息一会儿，我去前面送水，顺便把别人网购的方便面带过去。

曾秀芬：去吧，反正你在这里也是和我抬杠的。（抬起头）欸，路上小心点。

（李东娃去屋里拿方便面，出来后扛起桶装水下。曾秀芬放下手机，一瘸一拐地到屋内收拾东西。）

（李沁上，他穿着校服，已与曾秀芬差不多高，体型有点胖，一看就是那种比较听话的学生。他脸上若有所思，看上去有些闷闷不乐。）

李　沁：妈，我回来了。

曾秀芬：今天咋这么早？我还没做饭呢。

李　沁：今天王老师有事，让我们做完作业自己安排，我做得比别人快，做完就回来了。

曾秀芬：哦，难怪。（继续做自己的事）

（李沁转身往屋里走。）

曾秀芬（想了想觉得不对，叫住李沁）：你回来！就算王老师有事，也会叫其他老师看着班上，哪会这么早放你们回来，你老实给我说，是不是逃课了？

李　沁（走回来，不高兴地）：你看我的样子，像逃课的人吗？

曾秀芬（上下看了他一下）：那不一定，上次张嬢家的小飞娃也是这样，结果第二天老师找到张嬢，说小飞娃那天根本就没去学校，而是伙同几个同学去了游戏厅。你是不是也没去学校？

李　沁（生气地）：我不想和你说了！小飞娃成天就知道玩游戏，你竟然把我和他比！

曾秀芬（口气软了些）：不是我想把你和他比，而是你

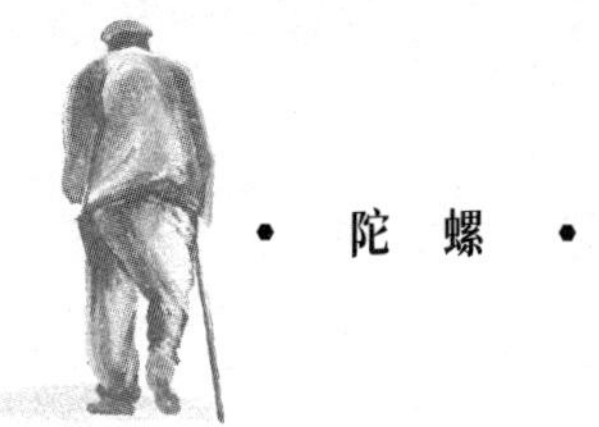

给我说的理由根本不成立。

李　沁：我去没去学校，你可以去问学校的保安大叔。

曾秀芬（若有所思地）：按理说，没有班主任王老师的允许，保安是不会放你出校门的，既然保安同意你出校门，王老师肯定是同意了的，但是——如果没有特殊情况，没放学王老师是不会让你出校门的，所以，你肯定有事瞒着我。

李　沁：唉，就知道啥都瞒不过你，不过有些事给你说了，你也帮不上忙。（不高兴地垂下了头）

曾秀芬：你都没说，咋就晓得我帮不上忙，你先说来我听一下。

李　沁：是这个样子的，前几天王老师给我们布置了一篇作文，题目叫《感动我的一件事》，要求从自己身边的真人真事中选材，我以为就是一篇作文，便随便编了些内容交上去，结果王老师看了说我交的是政治课的笔记，让我回来重新搜集资料再写一篇。

曾秀芬：原来是被惩罚了，我就说嘛，王老师不会无缘无故让你提前回来的。不过我对作文一窍不通，你待会儿问你爸。

李　沁：我就说你帮不上嘛，你还不信，（看了一下屋里的货架）妈，我口有点渴，想喝汽水。

曾秀芬：你上次生病去医院，医生让你少喝汽水，少吃油炸食品。

李　沁：我只是偶尔喝，又不是经常。再说从医院回来，你们就一直没让我喝过。

曾秀芬：我们还不是为你好，再说如果我给你喝了，你爸晓得了要骂我。

李　沁：你不说我不说，爸爸怎么会晓得，我看你就是不想给我喝。

曾秀芬：我确实不想给你喝，汽水喝多了你还会长胖，医生说再长胖就会影响你长高。

李　沁：那是医生吓你们的，长胖和长高有啥关系？

曾秀芬：我又不是医生，哪里晓得长胖和长高的关系，医生说的总归有道理，口渴就喝矿泉水。（拿了一瓶矿泉水给李沁）

李　沁（推开矿泉水）：我嘴里没味道，就想喝汽水。

曾秀芬（生气地）：不喝那就什么都不喝。（把矿泉水放了回去）

（李东娃骑着电动自行车上。）

李东娃（放好电动自行车）：你们两个在争啥？

曾秀芬：他想喝汽水，我不让他喝。

李　沁（委屈地）：我都好久没喝了。

李东娃：今天是五月十二号，他要喝，你就拿一瓶给

他嘛。

曾秀芬：你不说，我都差点忘了，今天是他的生日，唉，都十四年了，时间过得好快！（去旁边拿了一瓶汽水给李沁）

李　沁（对着李东娃竖大拇指）：还是爸爸好。

李东娃：少拍马屁，你今天咋这么早回来了？

李　沁：刚才给妈说了，王老师让我们写一篇作文，题目叫《感动我的一件事》，要求从身边的人和事当中选材，结果我胡乱凑了一篇，她不满意，让我回来搜集资料重写。

曾秀芬：我搞不懂作文，让他等你回来问你。

李东娃：我也不懂，当年读书的时候，我最差的就是作文。（转过头对着李沁）你看你们同学怎么写的，你也就怎么写嘛。

李　沁：我们同学有的写与爸爸妈妈去天安门看升国旗，感受祖国的繁荣富强；有的写跟着爸爸去农村参与扶贫，为国家的发展和人民的共同富裕做贡献；有的写去敬老院帮助老人，弘扬中华民族的传统美德。那些没有参与过这类事的，写了爸爸妈妈告诉他们的事，比如张晓明，他写的是 2008 年的雪灾，那会儿他妈正怀着他，跟着他爸在贵州的一个工地干活，他爸他妈被大雪困住了，而他就快要出生了，幸好人民解放军及时赶到，把他们平安地送到了医院。王老师说张晓明这篇文章不仅真实，而且还很有特点，特地在班上表扬了。

李东娃：照你这么说，（搔了搔脑袋）我们还是帮得上忙的。

曾秀芬（有些奇怪地）：我们帮得上啥忙？

李东娃：你忘了，当年在茶坪时三娃做的那些事难道不可以写进作文？

曾秀芬：对对对，我咋没想到呢。

李东娃：你一天只晓得刷抖音，哪里会想那么多。

李　沁：爸，妈，你们在说啥呢？当年到底发生了啥事？三娃又是谁？

曾秀芬：这事说来话长，三娃是你爸爸的发小，名叫安三娃，你得叫他安叔叔。

李　沁：爸爸的发小？我咋从没见过他？

李东娃：你当然没见过，他已经离开我们十四年了。

曾秀芬：你安叔叔最喜欢喝汽水，今天我们就用汽水敬他。（起身跛着腿去屋里又拿了两瓶汽水出来，一瓶递给李东娃，一瓶自己拧开了盖子，然后拿起来与李东娃和李沁碰。）

李　沁（不愿意碰）：这到底是怎么回事？安叔叔去了哪里？他做的什么事我可以写进作文？

曾秀芬：唉，这事说来话长，（看了一下手机）时间不

早了，你下午上学可别迟到了，我们进去边弄饭边说。（起身往屋里走）

（李东娃和李沁跟在她后面往杂货铺里面走。）

曾秀芬（问李东娃）：你怎么想起今天是5•12的。

李东娃：送水的时候，那个公司守门的也在刷抖音，他问我知不知道那个可乐男孩，抖音里说他三十一岁了，去了可乐公司上班，那个时候，我才想起今天是5•12。你也刷抖音呢，咋没看到这个。

曾秀芬：我没看到，抖音就这点不好，你平时爱看什么就只给你推什么。

李　沁：妈，这跟5•12和抖音有啥关系？

李东娃：跟抖音没关系，只和5•12有关。（推开了杂货铺后面的门）

曾秀芬：唉，时间过得真快，一晃就十四年了。

——落幕。

第一幕

时间——2008年5月12日上午。

地点——绵阳茶坪乡李家沟李东娃家杂货铺。

人物——李东娃、曾秀芬、五嫂、安三娃、村民甲。

李家的房子是新修的两层小楼，墙的上面部分刷了白色的涂料，离地一米左右刷了绿色的涂料。楼下三间房子。右边一间是杂货铺，中间一间是堂屋，左边一间是卧室。杂货铺的正面没有门，只有一个面对观众席的卖东西的大窗口。杂货铺的门在左侧，打开便是旁边堂屋。楼房的旁边有一间普通的旧瓦房，做了厨房和猪圈。堂屋背后有一扇门，可以从那里绕过杂货铺的房间去旁边的瓦房。不过这一幕的舞台上只出现杂货铺和堂屋的一部分。

杂货铺里面是李东娃自己搭的木架子，上面的东西不多，除了油盐酱醋和塑料盆等生活用品，就只有汽水和一些零食。汽水与序幕中一样，放在靠近窗口的架子上。木架子的侧面挂着自用的围裙和面盆等东西，旁边有几个凳子和一台电视机。

杂货铺的上方，挂着“东娃杂货铺”的牌子。牌子上的字李东娃自己写的，字体歪歪斜斜，刚好能认。木架子的前

面放着一个背篓，里面是李东娃刚从街上进回来的货。窗台上不知谁放了一包盐。

（曾秀芬从堂屋进到杂货铺，她那会儿二十多一点，腿脚完好，挺着个大肚子，走路做事都比平时小心。看见李东娃进回来的货，她弯着腰捡起来往货架子上放。）

曾秀芬：李东娃，李东娃，你死哪里去了？东西进回来你咋不摆上？

李东娃（揉着眼睛从架子后面出来）：早上淋苞谷，起来早了，进了货回来有点打瞌睡，没想到倒在床上就睡着了。（过来帮着把东西往货架上摆放）

曾秀芬：我还不是一早就起来了，就你霉瞌睡多。

李东娃：嘿嘿，我瞌睡是有点多，你嫁给我之前我就给你说过的，你又不是才晓得。你一旁休息，我来摆。（扶曾秀芬到旁边坐下）

曾秀芬：你那时只说你瞌睡好，睡着了雷都打不醒，我哪晓得你割麦子都可以在地里睡一觉。

李东娃：我也不想这样，但是瞌睡来了眼睛硬是睁不开，不睡不得行。（继续摆放货物）

曾秀芬：还好周围人都晓得，不然的话别人还以为是我折磨你不让你睡觉呢。

李东娃：那倒不会，你若那么厉害，马媒婆就不会给我介绍了。

曾秀芬：那倒是，马媒婆啥都晓得，只要没事她就四处打听。

（摆放完东西，李东娃拧开电视坐了下来，曾秀芬起身用毛巾擦架子上的灰尘。）

曾秀芬：一会儿你去喊你妈老汉过来吃中午饭，下午帮我们割油菜籽。

李东娃：妈老汉他们有自己的事要做，下午我一个人去割嘛。

曾秀芬：那么大一块地，你一个人割得完？

李东娃：今天割不完明天继续割啥。

曾秀芬：就你做事拖沓，割完好早点犁了撒种谷。你妈他们的种谷都是和我们的撒在一起，早点割完也是为他们好。

李东娃：看你这话说得，让人家做事还是为人家好，我不去喊他们，别人会说我们平时记不得妈老汉，割油菜籽就想起来了。

曾秀芬：你放屁，难道我们平时对你妈老汉就不好？你去问一下，周围哪个不说我对老人好？我一天挺着个大肚子忙里忙外不说，还要守这个铺子，难不成还要把你妈老汉供神龛上？哎哟，我的肚子。（捂着肚子）

李东娃（赶紧过去看）：怎么了？

曾秀芬（推开李东娃）：怎么了，还不是被你气到了。

李东娃（看她没事）：好了好了，我不说了，你对我妈老汉好——行了吧。

曾秀芬：本来我就对他们不坏，你看，我啥事没想着他们。

李东娃：你确实比村里别的儿媳妇对妈老汉要好些，不过啦——

曾秀芬：不过啥？

李东娃：你不要一有不同意见就和我妈争论，她毕竟是长辈。

曾秀芬：每次都是她引起的好不好，不过她是长辈，我倒确实该少说两句。

李东娃：没事的时候，我们可以多叫妈老汉过来吃饭，而不是要他们做事了才去叫他们。

曾秀芬：这可怨不得我，你妈老说她胃不好，每次我去叫她，她都说这也不能吃那也不能吃，而你老汉都听你妈的，你妈过来，他才过来。

李东娃：唉，算了，这事说不清，不说了。（伸头看了一下外面）没太阳了，要不油菜籽改天再割？

曾秀芬：不，一定要今天割了。

李东娃：为啥？

曾秀芬：为啥？你看看天上的云，像啥？

李东娃：像啥？（再次把头伸出窗子看）像……田里头的犁胚子。

曾秀芬：你知道天上的云像这个样子，会发生啥？

李东娃：发生啥？

曾秀芬：哼，亏你还是个男人，连这都不晓得，如果天上的云像犁胚子，很可能就会下冰雹。

李东娃：天上的云像犁胚子会下冰雹？你听哪个乱说的哦。

曾秀芬：我老汉给我讲的，咋会是乱说。

李东娃：你老汉又不是搞气象的，他咋知道这些？

曾秀芬：不搞气象就不能知道这些？你妈还老说早红雨夜红晴呢。

李东娃：这个哪个都晓得，朝霞不出门，晚霞行千里，倒是云像犁胚子会下冰雹，我还是第一次听说。

曾秀芬：算了，我不和你争了，管你是不是第一次听说，反正今天必须把油菜籽都给我割回来。

李东娃（看了一眼她的大肚子，无奈地叹了口气）：好——反正现在家里都你说了算。

曾秀芬（摸着肚子得意地笑了一下）：一家三口我们占

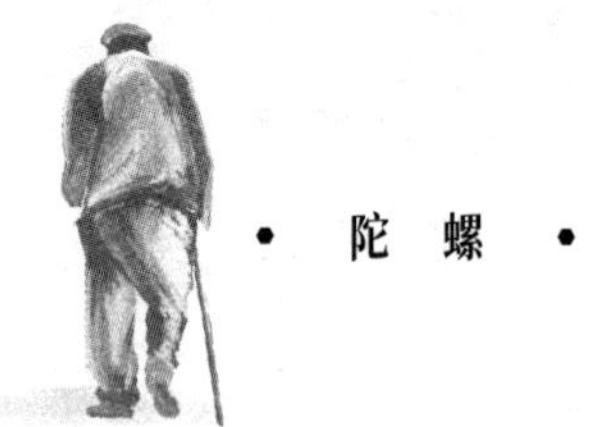

了两个，本来就该听我的。

（画外音：秀芬——秀芬——在家没有？）

曾秀芬：在，五嫂，你快进来。

（五嫂上，走过来站在铺子外面。）

五　嫂（看着李东娃）：东娃，你要出去？

李东娃：去喊我妈和老汉过来割油菜籽，五哥回来没？

五　嫂：你莫提他了，跟着刘大脑壳去修房子，钱挣不到不说，还十天半月都不回来。

李东娃：你要理解五哥，待在家里就这个行市，说实话，若不是秀芬快生了，我都到外面打工去了。（说完从堂屋出来下）

曾秀芬：五嫂，你进来坐。

（五嫂从堂屋进去。）

五　嫂：如果你生了，愿意东娃出去打工？

曾秀芬：不愿意又有啥办法，生个娃娃可不是多一张嘴吃饭那么简单，衣服、奶粉、尿不湿，啥都要钱。

五　嫂：那倒是，现在带娃娃可不像那几年，吃喝拉撒啥都要钱。

曾秀芬：是呀，啥都离不开钱，但挣钱却比啥时都难了。

五　嫂：东娃要是走了，你一个人咋拉扯得转？

曾秀芬：只有叫他妈老汉过来一起住，不然我一个人忙死都忙不过来。

五　嫂：也只有那样了。

曾秀芬：你昨天骂得那么凶，在骂啥呢？

五　嫂：你还不晓得？安三娃回来了！

曾秀芬（惊讶地）：安三娃？他不是在帮人看鸭棚吗？咋回来了？

五　嫂：你问我我问谁，反正他一回来，我自留地里的两个大南瓜就不在了。

曾秀芬：你咋晓得是他偷的？

五　嫂：吃屎的狗哪改得了性，你又不是不晓得他的为人，何况昨天有人亲眼看见他从我家自留地经过呢。

曾秀芬：听你这么说，那我得让李东娃多留个心眼，南瓜都偷的人，别的东西哪还能放过。

五　嫂：哼，那个死娃儿还回茶坪来干啥，就该死在外面算了。

曾秀芬：算了五嫂，话也不能这么说，这里毕竟是他的家，我们看好自己的东西就是了。（起身把窗台边的盐拿去架子上）哦，对了，五哥的事咋样了？

五　嫂：唉，我过来就是想给你说这事，刚才有东娃在，我不好意思开口。上次我当着他妈的面骂了他一顿，他倒是收敛了许多，再不提和那个卖凉粉的婆娘过的事了。但是他

现在跟着刘大脑壳在北川修房子，我担心那个卖凉粉的婆娘偷偷去找他。

曾秀芬：五哥也是，都快四十岁的人了，咋成天还东想西想的。

五　嫂：他要那样做，我有啥办法。

曾秀芬：你想过和他离婚没？

五　嫂：唉，怎么会没想过，只是考虑到李凌娃才上中学，我怕离了婚对他不好。

曾秀芬：你心软，如果李东娃敢那样，不管娃娃是上中学还是上小学，我非离婚不可。

五　嫂：你的娃娃还在肚子里，你是不会明白这些的，等娃娃落地了，你就知道我为啥不愿意离婚了。

曾秀芬：那你准备咋办？总不可能一直这样吧？

五　嫂：为了断他的念头，我答应他明年去北川买房子。他喜欢热闹，老说待在乡下连个喝茶的地方都莫得。到了北川，再不见那卖凉粉的婆娘，这事也就过去了。

曾秀芬（叹了口气，想说什么没说出来）：……乡下确实没城里好，城里不仅人多，还做啥都方便，而且娃娃的教育也比乡下好得多。这几年，你看周围好多人都去城里买房子了。

（村民甲上场。）

村民甲：妹子，刚才买东西，盐放在窗台上忘记拿了。

曾秀芬（起身把盐拿给村民甲）：我还以为是李东娃放在那里的，准备回来骂他不长眼睛呢。

村民甲：你可不能对我兄弟那么凶，小心他在外面找个温柔的。

曾秀芬：他敢，看我不打断他的腿。

村民甲：哈哈哈……五嫂也在呀。

五　嫂（冷淡地）：买东西。

（村民甲拿着盐下。）

五　嫂（靠近曾秀芬，声音压低了一些）：你们想过去城里买房子没有？

曾秀芬：我姐姐家在涪城，她倒是提过几次去那里买房子，但我还没想好。（转过头）买房子不仅要一大笔钱，关键是去了城里靠啥生活呢？

五　嫂：是呀，我也一直在想这个问题。

曾秀芬：算了，先不想这事了，只要一想我脑壳就痛。

五　嫂：唉，我这记性，光想着过来和你说话，给东娃补的衣服都忘了拿过来。

曾秀芬：反正这会儿没事，我跟你过去拿。（说罢起身）

五　嫂：其实，只要你五哥不再乱来，我倒不怕进城的。虽然我做衣服的手艺早废了，不过换拉链和免裤脚之类还不

在话下，就算在路边摆个摊子也饿不死人。

曾秀芬：这倒是，五嫂你有手艺，到了城里反而更吃香，到时五哥倒要天天围着你转了。

五　嫂：如果真是那样，我天天早上都会笑醒。

（曾秀芬关窗子，李东娃上。）

李东娃：你关窗子干啥？

曾秀芬：哦，你回来了，我正准备去五嫂那里拿你的衣服，好好的衣服，你怎么就把背上穿了条口子呢？

李东娃：我也不晓得咋回事，你去嘛，我守店。

曾秀芬：你妈老汉咋说？

李东娃：你把他们的饭煮起，他们做完手边的事就过来。

五　嫂：东娃，我们走了。

李东娃：好，嫂子有时间多过来陪秀芬耍。

（曾秀芬和五嫂从堂屋出门下。）

（李东娃点了支烟，打开电视机坐下来边抽边看。电视里播放乒乓球比赛，张怡宁对外国运动员。）

李东娃：好球……对，就该反拉。

（安三娃上，他瘦弱矮小，留着光头，穿了件不合身的旧衣服。他有些畏畏缩缩地朝杂货铺走过去。到了堂屋门口，他犹豫地站了一会儿，转过身想要走开。李东娃看见他，悄悄地从堂屋走出来。）

李东娃（做吓唬状）：站住，你是干啥的？

安三娃（吓得哆嗦了一下，见是李东娃，苦笑了一下）：东娃，你吓了我一跳。

李东娃（十分高兴地）：哈哈哈，故意和你开玩笑呢，你啥时回来的？

安三娃：昨天。

李东娃（掏了支烟递给安三娃，点燃）：你不是帮人守鸭棚嘛，咋又回来了？

安三娃（拿着烟有些别扭，但却努力装出一副老抽烟的样子）：鸭老板把鸭子赶到石洞乡去了，说在这里养得太久了，要换一个地方。

李东娃（有些着急地）：工钱给你了吗？

安三娃：没有，他说现在没钱，等过几个月卖了鸭子回来一起给我。

李东娃：你个瓜娃子，肯定又遭人骗了，那鸭老板多半不会回来了。

安三娃（担忧起来）：不会吧？他说好要回来的。

李东娃：哄细娃儿呢，只有你信，我问你，你晓得他是哪里人不？

安三娃：他说他是三台那边的。

李东娃：他说他是三台那边的你就信了，如果他不是呢？

再说就算他是三台那边的，到时他卖了鸭子回去了，你去哪里找他？

安三娃（有些难过地）：这……（烟呛了肺，他咳了起来，咳过之后眼睛无神地望着地面）

李东娃：我给你说呀，你以后多个心眼，别老是被人骗了！

安三娃（沮丧地点了点头）：说得是呢，以后不能轻易相信别人了。

李东娃：你呀，嘴巴倒是答应得快，就是不长记性，不然的话，你也不会从小到大都被人欺负了。

安三娃（望着李东娃苦笑了一下）：小时候我被人欺负的时候，只有你肯帮我。

李东娃（手搭在安三娃肩头）：嘿嘿，谁叫我们是兄弟呢。

安三娃：那个时候，张二娃、刘七娃、王五娃经常把我拦在前面山嘴下，要我叫他们老汉，不叫就打我。就连赵跛子，你晓得的，赵五斤的小儿子，跛着一条腿，也经常欺负我。

李东娃（手拿开）：我就不明白，要打要跑，赵跛子都不是你的对手，你当时为啥就不反抗？

安三娃：我……我……也不晓得，反正就是胆子小，不敢还手。

李东娃：嘿嘿，我晓得，你是被张二娃他们欺负怕了，所以见了猫儿狗儿都怕。

安三娃（自我解嘲地笑了笑）：不过有一次，赵跛子又欺负我的时候，有你在，我鼓起劲打了他一耳光。

李东娃：我晓得，那一次他们把你围在小河边，要朝你身上撒尿，看见我过去，刘七娃和王五娃吓得跑了，赵跛子跑不动，被我拦在桥下，当时我让你朝他身上撒尿，你不敢，还是我骂了你，你才打了他一耳光。

安三娃（不好意思地低下了头）：我是怕他们后面报复我，所以不敢。

李东娃：哼，是你自己太懦弱了，那以后，他们敢再欺负你不？

安三娃：你莫说，那以后他们还真的没有再欺负我了。

李东娃：你晓得原因不？那天之后，我把刘七娃和王五娃也叫到学校后面的坡上打了一顿，打完我给他们说，如果你们再敢欺负安三娃，老子就让你们都跟赵跛子一样成为瘸子。

安三娃（感激地看着李东娃）：东娃，那些年我能熬过来，全靠了你和表叔表姨。

李东娃（有些不好意思地）：你不要这么说。其实我帮你，还不是因为觉得对不起你。

安三娃（奇怪地）：你咋对不起我了？

李东娃：难道你忘了，之前我也跟他们一样，经常欺负你。

安三娃：是吗？我……我咋记不得了？

李东娃：你居然记不得我欺负过你？

安三娃：在我的记忆里，你都是在帮我。

李东娃：唉，看来你是真的忘了。你还记得有一次我们在公猪圈旁边耍不？

安三娃：记得，我们捡石头扔前面的桉树，谁先扔中谁赢。

李东娃：就是嘛，你还记得，当时我们俩谁先扔中？

安三娃：好——像——是我。

李东娃：对呀，就是你，结果呢？

安三娃：结果？结果你捡起石头扔桉树的时候，不小心扔到了我的头上，你吓到了，转过身就跑。

李东娃：你真的是个瓜娃子，桉树在前面，我就是再笨，也不可能往前面扔石头扔到旁边你的头上。

安三娃（不解地）：那你是？

李东娃（面向观众席上前一步）：我是故意用石头扔你的。一直以来，我都觉得和你在一起啥事都该我赢，平时打水漂扔石头，也确实都是我赢，没想到那天扔桉树你竟然赢了，我一时不高兴，就捡了石头扔你。看见你头上破了个口，血顺着脖子往下流，我吓到了，所以赶紧跑了。

安三娃：嘿嘿，我一直以为你是扔桉树不小心呢。

李东娃：哪里，我是故意扔你的。

安三娃：不过那之后，你啥事都帮着我了。

李东娃：你知道为什么不？

安三娃：你后悔用石头扔我了呗。

李东娃：算你聪明了一回。当时我跑回家，以为你姐姐会带着你上我们家找我，那天晚上我一整晚都提心吊胆的，不想你却一个人偷偷地跑到河边把血洗了，然后在伤口上塞了一坨棉花，再戴了顶帽子遮住。

安三娃：我是怕我姐姐骂我。

李东娃（*走过去又把手放在安三娃的肩头*）：你知道第二天我看到你的样子咋想的不？

安三娃：你咋想的？

李东娃（*面向观众*）：我当时难受得不行。你还记得不，第二天你啥事都没发生一样，仍像往常那样来找我耍，我要掀开帽子看你头上的伤口，你不让，说没啥大不了的。你跟之前一样，要和我比谁先跑到小河边，我怕你劲使大了伤口出血，故意跑得很慢。你呢，怕又赢了我，故意跑得比我还慢，于是那天跟之前一样，我又赢了。

安三娃：嘿嘿，我以为你不知道我是故意跑慢的呢。

李东娃（在他头上拍了一下）：只有你那么傻才看不出来。你知道吗，跑到小河边之后，我很想哭。我到现在都说不清楚当时的那种感受，反正就觉得对不住你，所以我才硬拉了你去找我妈老汉。我老汉看见你头上的伤口，赶紧带了你去村口的诊所，不然，你恐怕已经得破伤风死了。

安三娃：一直以来，表叔和表姨对我都是最好的。

李东娃：应该的，谁叫我老汉和你老汉从小一起长大呢。

安三娃：前一阵，我在茶坪见过赵跛子，他学了理发，在北川开了个小理发店，见了我挺客气的。

李东娃：都长大了，哪里还能再像之前那样。张二娃和王五娃都去了广东，虽然我之前打过他们，他们过年回来还请我喝酒呢。欸，对了，我咋听五嫂说你摘了她家南瓜呢？

安三娃：五嫂她在放屁，我啥时摘她的南瓜了？

李东娃：她说有人看见你去了她家自留地。

安三娃（有些急）：我真没摘她家南瓜，不信你去我家看，锅里头只有洋芋。

李东娃：洋芋？你又没种，哪来的？难不成像别人说的那样，你是去偷的？

安三娃（摆手）：不是不是，二水家刚挖了洋芋，没挖干净，我觉得可惜，就从他家地里薅了出来。不过你千万不要让二水家知道，他老婆小气，就算那些洋芋烂在地里，她也不愿意别人薅。

李东娃：我又不是女人，说这些干啥，再说薅空地里的洋芋相当于帮他们翻地，你怕啥。

安三娃：话虽这样说，但我可不想惹二水老婆，她跟五嫂一样，没事就喜欢嚼舌根。

李东娃：这倒是，女人的事少掺和为好。欸，说了半天话，你还没说你过来找我有啥事呢？

（曾秀芬拿着衣服上。）

安三娃：东娃，我……我想……（回头看见曾秀芬，住了嘴）

（曾秀芬看见安三娃很惊讶。）

曾秀芬（戒备地）：你来这里干啥？

安三娃（局促地）：我……我……

李东娃：你这婆娘，咋这样说话呢。

曾秀芬（不屑地）：我说话就这个样子，咋啦！

李东娃：曾秀芬，在家里也就罢了，你不能在外面也这么不讲道理。

曾秀芬：我咋不讲道理了？我可不像有些人，成天和不三不四的人打交道。

李东娃（生气地）：曾秀芬，别以为你怀了孕我处处让

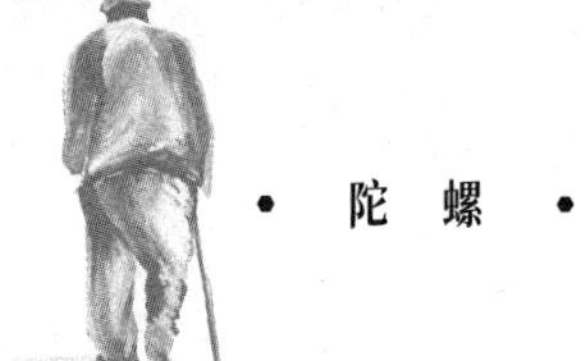

着你，你就可以胡说……

曾秀芬：李东娃，你今天得给我说清楚，到底是谁在胡说！（凑上前要拉李东娃胸前衣服）

（安三娃赶紧把李东娃拉到一旁。）

安三娃（小声地）：东娃，嫂子怀了孕，你别和她吵。

李东娃：不是我要和她吵，你看她都说了些啥子，三娃，女人家，你不要和她多计较哈。

安三娃：不会不会，东娃你不要再和嫂子吵了，正好我也还有事，先走了。

李东娃：三娃，我老汉常在我面前念叨你，他让我告诉你有机会存点钱，到时找个媳妇成个家，不然的话周围人都会瞧不起你。

安三娃：我晓得。

（安三娃下场。李东娃和曾秀芬进去杂货铺。）

李东娃（走近曾秀芬）：不是我说你，你怎么能当着人家的面那样说话？

曾秀芬：我的话有啥不对的，年纪轻轻的连南瓜都要偷，说他都算好的了！

李东娃：人家没偷五嫂家南瓜，而是去二水家地里薅没挖干净的洋芋，不信你去他家看。

曾秀芬（有些不信地看了李东娃一眼，口气软了一些）：

就算没偷南瓜，他也不该一天游手好闲。

李东娃：他哪里游手好闲了，他只不过是太老实，许多时候帮人干了活，老板都找借口不给他钱。

曾秀芬（有些不耐地）：算了算了，我不想多说他的事了。你妈老汉一会儿要过来吃饭，我先做饭去了。

李东娃：记得把冰箱里的肉拿出来解冻。

曾秀芬（白了李东娃一眼）：这还要你说？就算你妈老汉不帮我们割油菜籽，他们过来我就不会拿肉出来？

李东娃（赔笑地）：我是怕你搞忘了。

曾秀芬：哼，你是咸吃萝卜淡操心。

（曾秀芬从堂屋出去走后面下，李东娃坐下来重新打开了电视。）

——落幕。

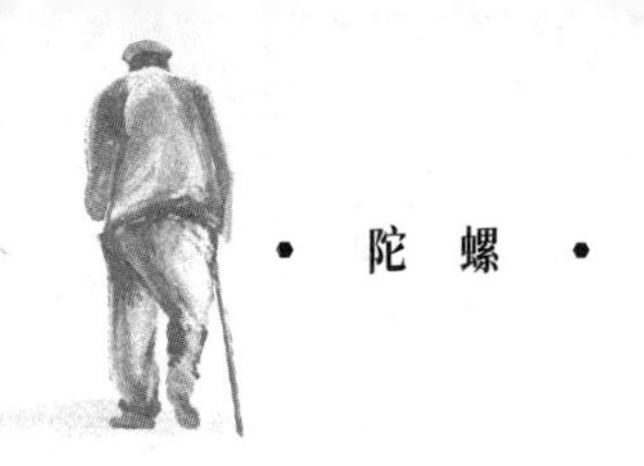

第二幕

时间——2008年5月12日中午。

地点——李东娃家堂屋。

人物——李忠义、李母、李东娃、曾秀芬。

李家是农村那种很普通的砖瓦两层小楼房，房子虽然新色，但堂屋中的摆设却很简单，中间一张八仙桌，桌子周围四张长条凳。四川的农村，许多人家的堂屋里都摆着那样的桌子，有的上了漆，有的仍是原木色。堂屋左右两边各有几把椅子，右边椅子前面有一张茶几，上面放着一个暖水瓶和几个水杯。左边椅子前面靠近堂屋大门有一扇门，连着旁边的杂货铺。与第一幕中的墙壁一样，四周的墙壁也涂了白灰，地面以上一米是绿色的。后面墙壁的正中间贴着一幅写着“福”字的画。右边墙壁上挂着一个挂历，上面的时间显示为 5 月 12 日。挂历旁边有一幅画，上面有一个小孩抱着红鲤鱼。挂历旁边有一扇门，那扇门可以从卧室后面的通道通向旁边的厨房和猪圈。

（李忠义和李母上。两人由安三娃下的方向上舞台。李忠义比较黑，身体有些佝偻，一看就是在农村劳动了一辈子的农民。他穿着赭石色短袖衬衣，头上戴着一顶草帽。李母头发盘在脑后，用发网罩着，上面插了根牛骨头簪子。她穿着蓝底白花的衬衣，手上拿着一把蒲扇。）

李忠义（对着李母）：你说现在的人，咋这么不分青红皂白了呢？只要丢了东西，就说是安三娃偷的。七嫂不是都说了嘛，南瓜是她摘的，老五的老婆还到处对人说是三娃偷的。

李　母：老五的老婆你又不是不晓得，总是大惊小怪的。再说她和七嫂关系不好，七嫂的话她听都不得听。

（两人进屋，李母在茶几旁的椅子上坐下来。）

李忠义：既然不听，那老五和那个卖凉粉的女人乱来的时候，她为啥要到七嫂和七哥面前闹？

李　母：现在的年轻人都这个样子，要人的时候就要人，不要人的时候……，（声音压低）你以为你的儿媳妇好得了多少？要你干活的时候，妈前妈后的，要多亲热有多亲热，不干活的时候，从你门前过都不会进来看你一眼。

李忠义（手指放在嘴唇上）：你小声点，别让她听到了。百家门上接进来的，自然比不得自己生的，不过她和村里那些儿媳妇比起来，算是好的了，进门都两年了，还从来没骂过我们。你看七嫂、刘二娘、张大坤老婆，谁没有被儿媳妇骂过？尤其是张大坤老婆，经常被儿媳妇骂得哭呢。

李　母（站起来把扇子扔在茶几上）：她若敢像张大坤的儿媳妇，那我就再也不跨这个门。你听张大坤的儿媳妇骂些啥呢，（愤愤地）哼，叫婆婆为老母狗，这还是人吗？

李忠义：张大坤那儿媳妇确实不是个东西，就算是婆婆不对，她也不该那么骂，若张大坤地下有知，恐怕会从坟堆里爬出来扇她的耳光。

李　母：她那种人，就是张大坤把她带进坟堆里去都不为过。

李忠义：你这样说就过了，她骂人是不对，不过你也不该咒人家死呢。

李　母：我咒她死怎么了？哼，若我是张大坤老婆，看我不泼她一脸尿。

李忠义：好了好了，别人家的事你那么展劲干吗。

李　母：不是你先说起她的嘛。

李忠义：哎呀，是我不对，不说她了。不过话说回来，曾女子虽然不怎么会为人处事，心眼倒是不坏，平时过年过节啥的，也都会叫我们吃饭。

李　母：其实自己儿媳妇，我对她本人也没什么意见，想当初她刚嫁过来那阵子，每天妈上妈下的，跟自己的女儿一样，唉，自从和老五的老婆缠在一起后，慢慢地她就对我们爱理不理了。

李忠义：这种事，倒不能怪老五的老婆。

李　母：不怪她怪哪个？别人都说跟好人学好人，跟着端公就只能跳大神，每天有个人在你耳边吹风，不跟着学才怪。

李忠义：哎呀，话不能那么说，儿媳妇又不是没长脑壳，他们也是一家人，有自己的事要忙，哪有时间成天围着你转。再说我觉得你有时候也该少说两句。

李　母（瞪了李忠义一眼）：你的意思，是我做得不对？

李忠义：这种事，说不上谁对谁错，大家都让一步就对了。

李　母：哼，我让得还不多吗？那一次我让东娃子给我们挑红薯，她咋说呢，她说……

（曾秀芬推开后边的门上。她系着围裙，手上端着一盘菜。李忠义赶紧给李母打手势让她别说了。李母回头看见曾女子，闭嘴坐在了椅子上。）

曾秀芬：妈，老汉，你俩在说啥呢，说得那么展劲。

李忠义：哦，我跟你妈在说……嗯……

李　母：我们在说安三娃。

曾秀芬（撇了一下嘴）：他有啥好说的，那么大个人了，还偷人家的东西，一点出息都莫得。

李　母：他没偷老五家的南瓜，南瓜是七嫂摘的，老五

的老婆在乱说。

李忠义：是呀，没凭没据的，她怎么就随便诬陷人家呢。

曾秀芬：就算南瓜不是他偷的，听东娃说，他不是还偷了二水家的洋芋嘛。

李忠义：他是捡二水家没挖干净的洋芋，哪里就偷了？

李　母（站起来）：哼，你们年轻人，咋就这么喜欢天上一句地下一句乱说呢。

曾秀芬：我可没天上一句地下一句，听五嫂说，他之前可没少偷人家的东西，南瓜、茄子、玉米，甚至地里的红薯，他都不会放过。（说完解下围裙放在旁边椅子上）

李　母：你五嫂嘴里又没镶金牙，咋老是开黄腔？我们从小看着三娃长大的，他偷没偷东西我们还不晓得？

李忠义：是呀，我们最清楚。

曾秀芬（不高兴地）：我不明白你们咋会帮一个贼娃子说话，五嫂开没开黄腔我不晓得，不过看安三娃那个样子，一看就不像好人。

李忠义：你可不能这样说人家，他又不缺鼻子少眼，咋就不像好人了？

李　母：是呀，我看老五的老婆才不像好人，成天东家长西家短的，若不是这样，老五也不会出去找卖凉粉的女人了。

曾秀芬（生气地）：妈，说安三娃呢，你咋总往五嫂身上扯。你说五哥和卖凉粉女人的事，不也是东家长西家短吗？

李　母（瞪了曾秀芬一眼）：你……哼，我才没你五嫂那么无聊，你莫把我和她比，她若不是那张嘴巴，你五哥肯定不会在外面乱来。

李忠义：算了，算了，你们两个都少说两句。

曾秀芬（不理会李忠义）：妈，你今天是在睁起眼睛打呼噜吗？那事明明是五哥乱来，你竟然怪五嫂嘴巴多。枉你也是个女人，如果老汉在外面乱搞女人，难不成也是你的错？

李　母（很是生气地）：你……这是你该说的话吗？你一个儿媳妇，竟然说公公在外面乱搞女人，哼，亏你说得出口。

曾秀芬（有些得势不饶人地）：我有啥说不出口的，现在可不比原来，如果老汉真的在外面乱来，我不仅要说，我还要让李东娃来管这事。

李忠义（不高兴地）：你们说就说，莫把我扯进来！

李　母（瞪着李忠义）：这明明就是她不对，老五的老婆乱说人家安三娃，我们难道就不该说句公道话？

李忠义：公道话是要说，不过你们也不要把话扯远了。

曾秀芬：老汉，你最清楚，这事可不是我开的头，是你

们两个一来就在说安三娃。

李　母：我们说安三娃，还不是因为你五嫂乱说话。

曾秀芬：五嫂还不是为我们好，提醒我们看好铺子，免得被贼娃子偷了。

李　母：你一口一个贼娃子，你看见人家偷东西啦？

（李东娃提着电饭煲和碗上，看他两手不空，李母忙上前接过放在桌子上。）

李东娃（语气与曾秀芬方才一模一样）：妈，老汉，你们在说啥呢，说得那么展劲。

李忠义：哦，我们在说……嗯……

曾秀芬：我们在说安三娃。

李东娃：三娃？你刚才不是不让我说他嘛。

曾秀芬：刚才是刚才，现在是现在。

李　母（不无嘲讽地）：刚才人家偷的是南瓜，现在人家偷的是洋芋，总之就是一个贼。

李东娃：谁说三娃偷了洋芋？他是薅二水家地里没挖干净的。

李　母：不是你给你老婆说的吗？

李东娃：我哪有？（转向曾秀芬）我明明说的薅，没说偷。

曾秀芬：薅别人家地里的，没经过别人允许，那也是偷。

李东娃：薅跟偷不一样，小时候别人家挖了花生，我们经常去薅他们没挖干净的，从来都没有人说过那是偷。

李　母：哎呀，你们别老是偷呀偷的，我听着不舒服。（说完打了个嗝）

李忠义：算了算了，这事已经过去了，我们帮三娃澄清就是了。

李　母：算了？老五老婆那嘴巴能算得了？她不对全村每一个人都说，我拿手掌煎鱼给你吃。

曾秀芬：妈，这可是你说的哈，待会儿我就去村里问，如果五嫂没对每一个人说，我看你用手掌咋煎鱼给我们吃。

李东娃（瞪了曾秀芬一眼）：她真用手掌煎鱼给你吃，你敢吃？

曾秀芬（扑哧一声笑了出来）：是妈自己说的，我可没让她用手掌煎鱼。

（其他人听了也笑了起来。李忠义坐下去拿了扇子自个儿扇。曾秀芬转身到桌边拿碗盛饭。）

李东娃（走过去小了声音）：妈，我晓得你不高兴五嫂对七孃不好，不过家务事，谁对谁错没人说得清。依我看七孃自己也有问题，上次她和五嫂吵了架，跑去把五嫂地里的胡豆苗全拔了，知道的都在说她是老疯子呢。

李　母：她们婆媳两个的事与我屁相干，我只是见不得你五嫂到处说安三娃，欺负人呢。

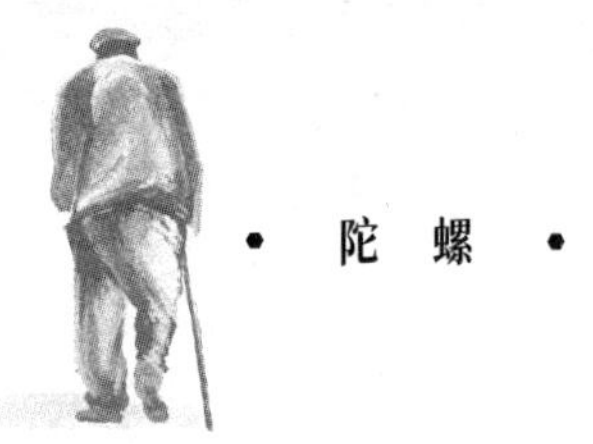

李东娃：五嫂是嘴碎了些，不过并没有要欺负三娃，只是对他有些误会而已。

李　母：我不懂啥子是误会，你给你老婆说，让她叫老五的老婆以后不要再张起嘴巴乱说话。

李东娃：好好，这事包在我身上。（转过头故意大了声音）老汉，你们咋晓得三娃去二水家地里薅了洋芋呢？

李忠义：王抓手说的，他从二水家地里过的时候，三娃不仅和他打了招呼，还问他可不可以薅，他说咋不可以，不薅还不是等着发芽。

李东娃：哦，我还以为你们见过三娃呢。

李　母：还没有，他还没来我们那里。

李东娃：他方才倒是来过这里，我们摆了几句。

李忠义：哦，你们都说了些啥？

李　母：对呀，他给你说了些啥。

李东娃：也没说啥，除了薅洋芋，就只有守鸭棚的事了。

李忠义：他守鸭棚的事咋样了？

李东娃：咋样？还不是跟之前一样，老板带着鸭子和东西走了，工钱没给。

李　母（着急地）：上次在灰面厂干活也是这样，他咋那么笨呢，上了这么多次当都变不聪明。

李东娃：是呀，我也叫他要多个心眼，还把你们的话说给他听，让他存点钱，有机会了娶个老婆。

李忠义：唉，那娃太老实了，娶老婆的话得找个脑子转得快的。（转过头向李母）改天你问问马媒婆，看有没有合适的过婚嫂，年龄大一点的，带着孩子也无所谓，只要能干就行。

李　母：这种事哪要你提醒，我前几天就给马媒婆说了。

李东娃：就算马媒婆找到了合适的，这事也得三娃自己同意才行，如果他不喜欢，你们找回来也没用。

李忠义：是要他同意，晚上我就让你妈去叫他吃饭。

李　母：他现在这个样子，哪里还能挑三拣四，有合适的就赶紧结了。

（曾秀芬盛好了饭。）

曾秀芬（走过来）：妈，老汉，吃饭了。（凑近李东娃小了声音不高兴地）又不是你屋头亲戚，你妈老汉那么关心人家干啥？

（李忠义和李母过去坐下吃饭，他俩坐在上位，李忠义在左，李母在右。坐好后他俩拿起碗和筷子摆放。）

李东娃：他们不是心好嘛。

曾秀芬：心好的我见得多了，都没像他俩那样，对一个外人比对自己的儿子儿媳妇都上心。

李东娃：你说话不经脑子，妈老汉对我们哪里不如对三

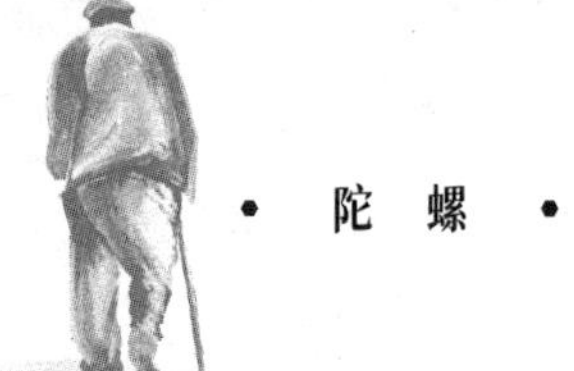

娃了？他们只是看不得三娃受人欺负。

曾秀芬：那可未必，人家都在想办法帮那贼娃子找老婆了。

李东娃（不高兴地）：周围哪个有机会了都愿意帮人撮合做媒，这又不是啥了不得的事，你不要一口一个贼娃子，妈老汉听了不舒服。

曾秀芬：他们不舒服是他们的事，我就要说他是贼娃子。

李东娃（不理会曾秀芬，故意提高了声音）：妈，老汉，多吃一点，下午的活扎实。

（曾秀芬不满地嘀咕了一句什么。）

李　母：你俩不过来吃饭，还在那里干吗？

（李东娃和曾秀芬过去坐下，两人分坐两边，李东娃在右，挨着李母，曾秀芬在左。）

李东娃（给李忠义和李母夹肉）：老汉，妈，割油菜籽你们知道的，吃少了很快就饿了。

李　母（把肉夹回给李东娃）：我胃不好，不喜欢吃太油的东西。

李东娃（夹回给李母）：不喜欢也要吃一点，不然身体遭不住。

曾秀芬：妈又不是小孩，吃饭还要你管？

（李东娃瞪了曾秀芬一眼，没有吭声。）

曾秀芬：妈，刚才听你们说要给安三娃找老婆？

李忠义：不是给他找老婆，是让马媒婆有合适的了给他介绍一个。

曾秀芬：介绍是没问题，不过别人的事还是不要管太多，万一他俩以后有什么问题，你俩还要背锅。

李　母：帮忙介绍老婆还会背啥锅？现在的人也真是，两口子吵架居然还要怪介绍人！

李忠义：就是，真搞不懂是咋想的。再说又不是我们当介绍，我们只是让马媒婆帮忙留意合适的。

曾秀芬：妈，老汉，我这个人说话直接，你们不要怪我哈。他又不是你们啥亲戚，别人都说他那种人离得越远越好，你们为啥偏要和他走得那么近？

李　母（放下筷子）：啥越远越好？我看你还是对三娃有成见。

曾秀芬：不是我有成见，是你们做的这些事我想不明白。

李东娃：有啥想不明白的，不是说远亲不如近邻吗，周围出去打工的，哪个不靠别人帮忙介绍工作？妈老汉对三娃好一点，也是很正常的事。

曾秀芬（不高兴地）：在你看来很正常，在我看来就不正常，（有些委屈地）为了那样一个人，你和妈老汉今天都用话怼我，好像我还不如一个外人。

李东娃：我哪里怼你了，我只是叫你当着人家说话不要那么难听。

曾秀芬：你那不是怼我是啥，你以为我想那样，我还不是怕铺子里丢了东西。

李忠义：好了好了，你们都不要争了。我们之所以对三娃好，也是有原因的。

（大家都看向李忠义。）

曾秀芬：啥原因？

李忠义：你晓得我们为啥那么不高兴别人乱说三娃？

李东娃：还不是跟我一样，看不得别人欺负他。

李忠义：你晓得啥，我和他老汉就跟你和他一样，从小一起长大的。

李东娃：这个我晓得。

曾秀芬：难怪老汉那么护着他，原来你和他老汉是发小。

李忠义：他老汉是石匠，帮谁做事都很卖命。

李　母：当年我们家修房子，莫得钱，全靠安石匠帮忙房子才修起来。他每天起早摸黑到石场帮我们起石头，只收了一点工钱，要不然，我们的房子哪里修得起来。

李东娃：哦，原来安叔叔帮了我们这么大的忙，秀芬，听到没，以后要对三娃好点。

曾秀芬：你莫多嘴，听妈老汉把话说完。

李忠义：三娃五岁那年，他老汉得了肺心病，没钱上医院，就在村头汪麻子那里捡了药吃。

李 母：可惜了哦，那么好个人，如果有钱上医院，三娃他们也不会那么造孽。

李忠义：当时我过去劝他，说找人借点钱让他去医院，他不听，说他那是在石场待久了，得了职业病，医不好的。拖了不到一年，他就死了。

李 母：后来你老汉到北川住院，我们问医生，医生说只要医得及时，肺心病是治得好的。

李忠义：那会儿，三娃的姐姐刚刚小学毕业，他妈莫得办法，就让三娃姐姐辍学回家带三娃，自己跟了人到外面打工。

李东娃：我还记得三娃的妈，黑黑瘦瘦的，老是穿一件瓦片颜色的衣服。好像她后来跟别人跑了。

李忠义：她到底是跑了还是被人拐去卖了，没人说得清。她莫得手艺，除了下力干不了别的。刚开始，她跟着村里的张二狗他们到建筑工地提灰桶，过年的时候带了些钱回来。第二年，为了多挣钱，她换了个地方，结果没过多久，就失去了联系。

李 母：张二狗他们还四处找过她，没找到。

李东娃：他们报案没？

李忠义：咋没报，但是没有用，派出所的人也没有找到她。

曾秀芬：那么大个人，死要见尸，活要见人，怎么会就这样无缘无故不见了呢？就算被人拐去卖了，也不会一点线索都没有吧？

李　母：正因为死活都没见到人，所以周围的人才说她跟人跑了，唉，事情过了这么多年，具体是咋回事，已没人说得清了。

李忠义：当时有三种说法，一是她拖着两个娃娃，苦怕了，于是跟工地上某个认识的男的跑了；另一种说法是她被人贩子卖到新疆或内蒙古那些地方去了，她人老实，很容易受骗；还有一种说法是她是女人，有人想占她便宜，她不愿意，被弄死了，埋在了不晓得什么地方。总之，那以后再也没有她的音讯。

李　母：就算跟人跑了或者被卖到了新疆或内蒙古去了，这么些年过去了，她也该回来看看，我看呀，她多半是被人弄死了。

李忠义：当时三娃的姐姐只有十五六岁，哪里种得来庄稼。还好显民那会儿已经是村主任，经常组织村上的人接济他们。所以平日里，我和你妈能帮的也帮他们一下。要不然，他们的日子哪里过得下去。

李　母：唉，只靠别人帮哪里行，他们还是经常吃不饱，三娃的姐姐看三娃饿得可怜，免不了有时会摘人家一点蔬菜瓜果啥的。然而村里人虽然同情他们，没有阻止，不过背地里还是要说闲话的。

李忠义：对的，也就是那个时候，有些不明事理的人开始叫他俩贼娃子。因为这事，那些年他们姐弟两个没少遭人白眼。

曾秀芬：显民大哥是村主任，为啥不多帮他们一点？

李忠义：显民已经尽力了，当个村主任只有那么大的权力，每年免除统购粮和提留款，过年过节送点粮食和零用钱，三娃读书的学费也全免了，农忙时他还带人去三娃家帮忙抢收，他能做的，也只有这么多了。

李东娃：秀芬，你莫要求太高了，显民大哥是我见过的最好的村主任了。

李　母：三娃他姐姐也不容易，一个姑娘家，谁愿意让人背后叫贼娃子？我们李家沟的姑娘大都十七八岁就嫁人了，她为了三娃二十多岁了还没找到婆家。

李忠义：家庭条件和名声都不好，周围的媒人哪个愿意上门？后来还是一个亲戚帮忙，才在乐山那边的一个镇上给她找了个人家，那男的家庭条件还不错，就是眼睛瞎了一只。

李　母：听说是小时候跟着人去打核桃，核桃落下来砸

在眼睛上砸瞎的。

曾秀芬：那之后，安三娃就一个人生活了？

李　母：是呀，他那时才十多岁，什么都不会干，经常一个人坐在门外哭。

曾秀芬：那再后来呢？他总还得吃饭吧。

李东娃：再后来？再后来有一次他跟着人去绵阳，在警钟街走丢了，好几年都没回来。当时村里人都以为他死在外面了，不想过了几年，他竟又回来了。

李　母：那个时候，他还跟当年去绵阳时一样瘦小，我问他那些年咋过来的，他说在一个米线店帮忙，因为人小，除了吃住，米线店没给什么钱。

李忠义：那娃胆子小，只要别人一吓唬，就什么话都不敢说了。有一次在我那里吃饭，他告诉我当年他是故意走丢的，他说村里人都不喜欢他，他不想再回来。我听了就骂他，说我和你表姨不是都喜欢你嘛，还有东娃。

曾秀芬：那最后他怎么又回来了？

李　母：外面再好也不如家里，无论如何，家里还有几间房子。

曾秀芬：那回来之后他是咋过的？

李东娃：还能咋过，有人见他动作还利索，就介绍他去守果园。这些年来，他不是帮人看鱼塘就是守果园，有时别人收了小麦和谷子，他就到地里捡一些遗落的麦穗或稻穗，遇上二水老婆那种小气的，就说他是贼娃子，见了他总是一副防备的样子，其实三娃从来不偷人家的东西。

曾秀芬（有些后悔地）：听你们这么说，我倒不该叫他贼娃子的。

李　母：你是不该那样叫他，那样一点都不厚道，所以我和你老汉才会说老五的老婆要不得，他们那种人势利眼，谁挣不到钱就说谁不好。

曾秀芬：妈，五嫂不是你说的那样不懂道理，到时我把情况给她说一下，她就不会再这样了。

李东娃：就是，妈，这当中可能有些误会。

李　母：我不懂啥子是误会，有时候看到猫儿狗儿可怜，我都忍不住要丢点东西给它们吃，何况安石匠当年还那样帮我们。

曾秀芬：妈，是我不对，我之前不晓得情况，以后我不会那样了。

李忠义：事情说清楚就对了，以后大家都对三娃好点，有机会了帮他找个老婆。

（几个人没再说话，低了头吃饭。一会儿李忠义吃完，起身坐在茶几旁边的椅子上。李东娃吃完饭，在对面的椅子上坐了下来。）

李忠义：东娃，你去把镰刀找出来。

（李东娃正要起身。）

曾秀芬：老汉，东娃他不管这些事，根本不晓得镰刀在哪里，你们先坐一下，我吃完饭去拿。

（李母吃完饭站起身。）

李　母（看见墙上的日历）：哎哟，今天是农历四月初八得嘛，三娃的生日，（对着李忠义）晚上回来你记得提醒我把冰箱里的腊肉和香肠拿出来，（转了头对着李东娃和曾秀芬）到时你们两个也一起过来吃饭。

曾秀芬：哎呀妈，你们两个帮我们割油菜籽，我们咋还好意思到你们那里吃晚饭。

李　母：一家人不说两家话，正好三娃他回来了。

李东娃（对曾秀芬）：妈喊你去你就去嘛，到时你帮她做饭就是。

（曾秀芬没再说啥，几口扒完饭站了起来。）

曾秀芬：东娃，你来收拾桌子，我去拿镰刀。

（李东娃收拾桌子，李母上前帮忙。）

——落幕。

第三幕

时间——2008年5月12日下午。

地点——李东娃家旧瓦房。

人物——曾秀芬、五嫂、安三娃、李东娃、李显民、村民甲、村民乙大兵、村民丙小武、接生婆王嬢、张二娃、村医生李贵，其他村民若干。

猪圈和厨房连在一起，在李东娃家小楼房右边的瓦房里。舞台正中是空地，右边是猪圈，四周用石板围着（四周也可是北川地区常见的石灰石块垒成的矮墙壁，只前面靠近石柱的地方有两块大石板），仅前面猪槽旁边有一个木栅条门。猪圈的四个角是四根大石柱，前面两根齐胸高，主要用来固定板石（或固定石块），后面两根比较高，不仅用来固定石板或石块，还用来支撑着房顶。猪圈四周的板石（或石块）垒得又高又厚，用来防止猪跳出来。猪槽可对着观众席，也可对着中间的空地。房顶是木椽和瓦片，间或夹杂着木梁，房子周围还有一些石柱和木柱，用一些木头横竖连接着支撑着整个房子。房子四周的墙壁上面部分是空的，采光和透气都很好。

空地左边露出灶台的一部分，可以看见烟囱和大铁锅等

厨房用品。灶台是那种农村常见的样式，主要烧柴。灶台旁边有个蜂窝煤炉子，平时用于烧水和热潲水等。灶台旁边有一扇门，连着旁边的小楼。厨房正面有一扇门直接连着外面，这扇门在演出时可以省去。

（曾秀芬系着围裙，用瓜瓢从大铁锅里舀猪食倒在木桶里，然后提着缓慢地走向猪圈。她行动不便，同时又不敢太过用力，走几步会歇一下。到了猪圈边，她放下木桶，一边用瓜瓢搅拌一边叫猪。）

曾秀芬：啰啰啰——啰啰啰——（停了一下）吃东西都不着急，该把你们好好饿一下。（舀了潲水倒猪槽里）

（猪吃食的声音。）

（五嫂手里拿着一件小孩的旧毛衣上。）

五　嫂：秀芬，秀芬。

曾秀芬：这儿，厨房里头喂猪。

（五嫂进去厨房。）

五　嫂（把旧毛衣给曾秀芬看）：刚才给你说的旧毛衣，我家海娃子小时候穿的，我都以为找不到了，没想到居然还压在箱子底下。

曾秀芬（在围裙上揩了揩手接过了毛衣）：哎呀，果真是织的苞谷花，我就是要学这种，五嫂你的手硬是巧。

五　嫂：那个时候有空就织毛衣，大人小孩的都织，苞谷花、麻花、桃子花，啥花我都会，唉，这几年大家都买毛衣穿了，我也懒了，好些花都不会了。

曾秀芬：大人的可以买，不过小孩的还是自己织好，买的毛衣大小不合适不说，毛线的质量也不好。

五　嫂：小孩的毛衣确实自己织更好，李凌娃小时候的毛衣都是我自己织的。

曾秀芬：守铺子的时候没事做，我也要给我儿织毛衣，（举起手上毛衣）你看这上面的苞谷花，我儿穿起来一定好看。

五　嫂：我那里还有一些毛线针，有粗的也有细的，改天我也给你拿过来。

曾秀芬：要得要得，五嫂你真的是太好了，天气那么热，你等我一下，我去给你拿瓶汽水。（拿着旧毛衣出了门）

五　嫂：哎呀，哪里那么客气，你不要去拿。

（曾秀芬没听，径直走了。旁边猪叫，五嫂拿起瓜瓢舀潲水倒猪槽里。）

五　嫂：这几头猪，咋一点都不会吃。

（很快，曾秀芬拿了一瓶汽水回来，手上的毛衣已经放下。）

曾秀芬：五嫂，来，喝一瓶解渴。

五　嫂（接过汽水）：你这么客气干吗，下次我都不好意思再来了。

曾秀芬：有啥不好意思的，不过就一瓶汽水，五嫂你太见外了。

五　嫂（拧开汽水喝了一口）：东娃呢，咋没在家？

曾秀芬：割油菜籽去了，他妈老汉也在帮我们割。

五　嫂：东娃的妈老汉不错，啥都要帮着做，不像你五哥的妈老汉，啥都不帮不说，嘴巴还多得很。

曾秀芬：他妈老汉活要帮着做，不过还是下巴底下吊棒棒，老是说话敲敲打打的。尤其是他妈，经常没事找事。

五　嫂：唉，没办法，天底下的公婆都这个样子，只要他们肯帮你干活，你就当没听见。

曾秀芬：是呀，我从来不跟他妈计较，再说他妈老汉人其实不错，平时也不喜欢与人计较。哦，对了，他们今天还说起安三娃了。

五　嫂（有些奇怪地）：他们说他干吗？

曾秀芬：他们说……你别忙，我舀点潲水给猪。（拿起瓜瓢舀了一瓢潲水倒猪槽里）他们说安三娃从小就没了妈老汉，其实多造孽的。

五　嫂：他和他姐姐那些年确实不容易，不过俗话说得好，可怜之人必有可恨之处，有时候地里的黄瓜还在开花，就被他们摘了。

曾秀芬：听东娃的妈老汉说，他们也是没办法。

五　嫂：哪里是没办法，分明就是德性不好，你晓得的，我最讨厌的就是这种人！

曾秀芬：会不会有时候你们误会他们了呢？比如别人摘的，你们也以为是他们。

五　嫂：误会？怎么可能，村里就他们俩手脚不干净。

曾秀芬：那不一定，听东娃妈老汉说，你家的南瓜是七嬢摘的。

五　嫂：她摘的？她为啥不给我说？

曾秀芬：东娃妈老汉说，七嬢还在为之前的事生气……

五　嫂（突然想起了什么）：哎呀，我蜂窝煤灶上还熬着苦蒿水，可别把锅底烧穿了，我得回去了。你记住，不管南瓜是不是安三娃偷的，你都要离那种人远点。（说完急匆匆走了）

（曾秀芬喂猪。）

曾秀芬（冲着猪圈）：发瘟的，今天怎么这么挑食，若再这个样子，改天我就叫屠户来把你们拉走。

（安三娃上。他仍是先前那副打扮，畏畏缩缩的。）

安三娃：东娃，东娃。

（曾秀芬走到厨房门口。）

曾秀芬（仍有些戒备地）：你找东娃干啥？

安三娃（犹豫了一下）：东娃在不在？

曾秀芬：我问你呢，你找他干啥？

安三娃（畏缩地）：不……不干啥，找他耍。

曾秀芬：耍？他割油菜籽去了，不在。

安三娃（有些失望地）：哦，那我一会儿再来找他。（说完转身往回走）

曾秀芬：你站住。

安三娃（转过身来）：嫂子啥事？

曾秀芬：五嫂家的南瓜真不是你摘的？

安三娃（有些着急地）：我都给东娃说了，真不是我摘的，我只是在二水家地里薅了些没挖干净的洋芋。

曾秀芬：你咋不买米回家自己做饭？

安三娃（不好意思地搔了搔头皮）：搞，搞忘了买米，而且鸭老板还没给工钱，身上没什么钱了。

曾秀芬：听东娃说，鸭老板骗了你，他已经卷起铺盖走人了？

安三娃（低下头摇了摇）：不晓得，有可能吧。

曾秀芬：唉，看你的样子，确实是太老实了，东娃说那些人都狡猾得很，你要多留个心眼。

安三娃（感激地看了曾秀芬一眼）：我晓得。

曾秀芬：听说你姐姐嫁到乐山那边，你咋不过去找她？

安三娃：我去过，她那边也不好，连个说话的人都莫得，而且我姐姐脾气不好，稍一惹着就要骂人。再说现在我长大了，她的心思都在我侄儿身上去了。

曾秀芬：那你接下来准备干啥？

安三娃（低下头小了声音）：我，我准备去果树园那边看看要不要人，只是那里给的钱太少了，只够吃饭。

曾秀芬：你总不可能就这么过一辈子嘛。

（安三娃抬起的头又低了下去，没有吭声。）

曾秀芬（摇着头叹了口气）：你这个样子看起来真的有点……我问你，你到底偷过别人的东西没有？

安三娃（抬起头着急地）：没有，绝对没有，我只有小时候饿了，摘过你们家的桃子吃。

曾秀芬：你要说实话，我是想帮你。

安三娃：真的没有。

曾秀芬：那就好，改天东娃找到事了，我让他带你一起出去。

安三娃（惊喜地）：真的？

曾秀芬：当然真的，我说话，东娃难道敢不听？

安三娃：那——那我现在就去找他。（说完转身要离开）

曾秀芬：站住，你晓得他在哪里不？

安三娃：不晓得。

曾秀芬：不晓得你咋找？

安三娃：我……

曾秀芬：他们在樟树土割油菜籽，樟树土你晓得在哪里不？

安三娃（高兴地）：我知道，就在小河边。（转过身走了）

（猪吵着要吃食，曾秀芬转身进去喂猪。曾秀芬刚舀了一瓢猪食给猪，猪突然不吃食了。周围一下特别安静。）

曾秀芬：背时的，又咋啦，猪食都不吃了？

（忽然地面上下跳动起来，随即房子嚓嚓作响。猪圈里猪吼叫着，打转想要冲出来。曾秀芬站立不稳，赶紧扶住了旁边石柱。很快，地面抖动加剧，房子在摇晃中发出咔嚓的断裂声，有东西从上面掉下来。）

曾秀芬（惊恐地）：糟了，咋房子都摇晃起来了！（挣扎着想要往外跑，不想被地上的东西绊了一下，倒在了地上，旁边的石板倒下来，正好压在她腿上）哎哟，我的妈呀！（上面不停有东西掉下来，落在她身旁）李东娃，李东娃！（拼命挣扎，想要把腿抽出来）

（四周到处都响起了地震时东西垮台的轰隆声，画外村主任李显民的声音：地震了，地震了，快跑到空地上去。）

（头上的东西越掉越多，幸好有旁边的石柱子挡着，才没砸中曾秀芬。）

曾秀芬（绝望地）：有人吗，救命呀！（地上扬起了泥灰）咳咳咳……

（安三娃跑着上台。）

安三娃：嫂子，曾嫂子，你在哪里？

曾秀芬（激动地挥手）：我在这里！咳咳咳……我在这里！

（安三娃查看曾秀芬的位置。）

安三娃：嫂子，你莫慌，我来救你！（过去抱起曾秀芬往外拖）

曾秀芬：哎哟，我的脚杆，被石板压着的！

（安三娃放下曾秀芬去掀她腿上的石板。东西压得太多，掀了几下没掀开。虽然地面已经停止了晃动，但房顶却突然一声巨响，瓦片、木椽及别的东西纷纷往下落。安三娃来不及再掀石板，赶紧站起来用身体护住曾秀芬。为了不让曾秀芬被上面落下的东西砸到，他抱住猪圈的石柱，弓着身子把曾秀芬挡在下面。上面掉落的东西，全都砸在安三娃身上。）

曾秀芬：安……三娃，你咋样了？

安三娃：我莫得事。（东西砸在身上，他哼了一声）哎哟……嫂子，你要保护好肚子。

（地面忽又开始晃动，虽不如先前剧烈，但松动的房顶和墙面却再禁不起这样的摇晃，开始大量倒塌。砖瓦从四面八方砸过来，有的落在地上，啪嗒啪嗒响，像在放鞭炮；有的砸在安三娃的背上，发出梆梆声，像弹棉花时榔头敲在弹弓的弦边上的声音。）

曾秀芬（又害怕又难受地）：咋就地震了，呜呜……

安三娃（使劲撑着的声音）：嫂子，你莫怕，有……有我挡着。

曾秀芬：我……我不怕。

安三娃：不怕就好，东娃他们很快就回来了。

（又有东西砸在安三娃身上。）

曾秀芬（又哭）：呜呜……三娃，对不起，我先前还那样说你。

安三娃：嫂子，你莫说这些，东娃和表叔表姨都对我很好。

曾秀芬：我先前不该跟他们一样，说你是贼。

安三娃：他们经常这样说，我都已经习惯了。再说小的时候，我确实摘过人家的黄瓜和果子。

曾秀芬：小时候哪个没做过傻事，再说那时候你和你姐姐也是因为没有吃的。

安三娃：唉，那个时候确实不懂事，所以现在别人说我我都不反驳……

（一根巨大的木梁倒下来，正好砸在安三娃背上，舞台上发出清晰的骨头碎裂的声音。安三娃晃了两下，咬着牙稳住了。）

曾秀芬：三娃……你没事吧？

安三娃（虚弱地）：没……没事。

曾秀芬：李东娃，你龟儿子死哪里去了！

安三娃（苦笑）：嫂子，我……我刚才哄你，我不是来找东娃耍的，我是来问他要汽水喝的……唉，鸭老板一分钱都没给我，我身上没钱了，今天我过生日，我想喝汽水，以前每年过生日，我姐姐都会给我买一瓶汽水……唉，不晓得为啥，我现在过生日对别的都没有兴趣，就想喝汽水……（声音渐渐低了下去）

曾秀芬：三娃，你再坚持一下，东娃他们马上就到了，到时冰柜的里汽水全给你喝……三娃……三娃……

安三娃：我……喝不了那么多……

（又有东西倒下，安三娃没有了声音。曾秀芬叫喊安三娃和李东娃的声音也淹没在掉落东西的声音中。）

（舞台渐渐安静下来。）

（过了一会儿，李东娃跑上舞台。）

李东娃（着急地冲着废墟）：秀芬，秀芬，你在哪里？

曾秀芬：东娃，我在这里。

（李东娃想要去救曾秀芬，无奈房子垮塌了，他只得先搬东西。）

李东娃（心疼地）：秀芬，你坚持住，我马上救你出来。

曾秀芬（哭起来）：你死到哪去了，咋现在才来。

李东娃：一晓得是地震，我们马上就往家里跑。

（李忠义和李母跑上舞台。）

李忠义：秀芬在哪里？

李东娃：在这下面。

李　母：完了，这该怎么办？

李忠义（一边帮着搬东西一边对李母说）：怎么办？赶紧去叫显民他们过来帮忙啥！

李　母（有些不知所措地）：哦，我马上去。

（李母转身跑下了舞台。）

（李东娃和李忠义继续把东西往旁边搬。）

李东娃：秀芬，你现在怎么样？

曾秀芬：我还好，就腿被石头压住了，只是三娃他帮我挡住了倒下来的东西……怕是坚持不下去了。

李忠义：三娃也在下面？

曾秀芬：他为了救我，从外面冲进来的。

李忠义：有三个人在下面，东娃我们得搬快点。

（两个人搬了一会儿，村主任李显民带着几个村民跑上了舞台，李显民腿上受了伤，缠着布条。李母跟在后面。）

李显民：忠叔，人在哪里？

李忠义：就在这下面。

李显民：快，你们快来搬东西！

（那些人都过来帮着搬东西。）

李东娃：秀芬，你要坚持住，显民哥他们过来了。

曾秀芬（带着哭腔）：你们搞快点！

李显民：你们都小心些，千万不要在搬东西的时候把他们弄伤了！

（李显民指挥台上的人搬东西，有的抬石头，有的捡瓦片和木头。可以根据现场情况安排一些李显民指挥时的话语，比如谁做啥，从哪里先搬等。）

李显民：大兵，你抬着这根柱子，免得他们搬的时候它砸下去。

（村民乙上前抬着柱子。大家搬了一阵，安三娃和曾秀芬身上的东西被搬开了。曾秀芬躺在地上，安三娃抱住石柱，弓着身子护在她上面。）

李东娃：秀芬，你怎么样？

曾秀芬：我还好，东西都砸在三娃身上。

李忠义：三娃，你怎么样？

（安三娃没有出声。）

李　母：快，把三娃扶过来。

（村民丙和村民丁去扶安三娃。其余的人抬压在曾秀芬腿上的石头。）

曾秀芬：哎哟，我的腿。

李东娃：你忍一下，秀芬。

（安三娃的手紧紧地抱着石柱。）

村民丙：村主任，安三娃的手掰不开。

李显民：怎么会，你再掰一下。

村民丙（使劲掰了一下）：真的掰不开。

（李显民准备自己过去掰。）

李忠义：显民，让我来。（走了过去，嘴巴凑近安三娃）三娃，我是表叔，我们救你们来了，你快松手。

李东娃（也凑过身子去）：三娃，我是东娃，我们来救你和秀芬，你快松手。

（李忠义和李东娃再掰时，安三娃的手果真松开了。几个人把他抬到了旁边空地上。其余的人把曾秀芬也抬了过去，大家都围着安三娃和曾秀芬。）

李　母（摸着安三娃的脸）：三娃，你怎么样，三娃？

李忠义：三娃，你快醒醒，我们已经把你们救出来了。

曾秀芬：李东娃，你这个背时的，若不是三娃，你哪里还见得到我！

李东娃：我就说三娃人好，你还不信。

曾秀芬：我不管，等他醒过来，你一定要想办法帮他找个老婆，不管是找马媒婆还是找牛媒婆，反正你要帮他找个老婆。

李东娃（难受地）：秀芬，你莫说了，只要他能醒来，别说帮他找个老婆，就是帮他买个老婆，我都愿意。

曾秀芬：刚才他给我说，今天是他的生日，他来找你是想要汽水喝。

李东娃（拍了一下脑袋）：唉，我竟然没想起今天是他的生日，他过生日别的都不要，就只想喝汽水。（把安三娃抱在怀里）三娃，你快醒醒，我给你喝汽水。

（其他人也跟着喊三娃。）

（一个村民去旁边杂货铺拿了一瓶汽水过来，边走边拍上面的灰尘，然后递给李东娃。）

李东娃（拿着汽水）：三娃，汽水来了，我给你拧开。（拧汽水瓶盖子声音，很响）

（听到拧汽水瓶盖子的声音，安三娃睁开眼睛看了一下。）

安三娃：东娃……（笑了一下，长长地吐了口气，然后不动了）

李东娃：三娃，三娃！

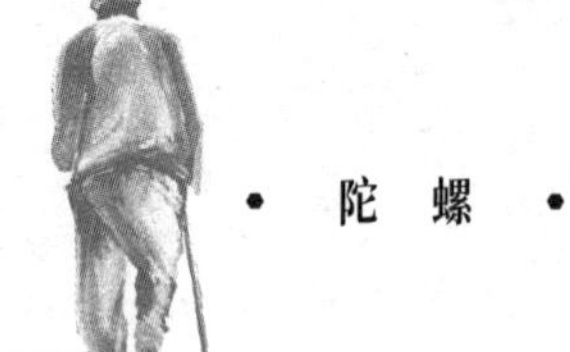

李　母：三娃，你快醒醒，三娃！

李忠义：三娃，三娃！

（其他人也跟着喊，声音不要同步。）

曾秀芬：李东娃，你快想想办法！

李显民（摸了一下安三娃的鼻孔，又翻开眼睛看了看）：忠叔，他已经死了。

曾秀芬：死了？呜呜……我们对不起他！（突然按着肚子）哎哟，我的肚子……

李　母（掀起她的裙子看了一下）：糟了，羊水破了，她快生了。大兵，你们快去抬把椅子过来。

（村民乙和村民丙跑下场抬椅子。）

（村民丁跑上场。）

村民丁：村主任，二水两口子被埋在房子里了，他老汉喊你过去帮忙救他们！

李显民：好，我们马上过去。（站起来）大兵和小武留下帮忙，其余的人跟我去救二水和他老婆。（带着人匆匆下）

（村民乙和村民丙抬着椅子上场，李东娃和李忠义帮着把呻吟的曾秀芬抬上椅子。）

曾秀芬：东娃，我的腿咋一点感觉都莫得了。

李　母（看了一下）：肿得这么大，好像断了。

李东娃（看腿）：秀芬，你先忍一下。

李忠义：你们快抬秀芬去医院，我和你妈在这里看着三娃。

（他们抬着曾秀芬准备下场，李显民带着人上，其中一个受伤的，两个人扶着，另外还有两个人，一个是村里的接生婆，另一个是村医李贵。）

李东娃：显民哥，你咋回来了？

李显民：还没到二水家，就听见张二娃喊救命，我们就先把他救了出来，路上正好遇见李贵，他给人看了病回来，说前面的山塌了，把出村的路封了，看兄弟媳妇快生了，所以我就把他和王孃都叫了过来。

李　贵：接生我不会，我只能帮她包扎腿。

接生婆（对李贵）：话那么多，（转过头对李东娃他们）快把人放下来。

（李东娃他们把曾秀芬放下。）

李显民：我们这里山都塌了，其他地方应该也差不多，大家先不要忙着出去，我们先自救。李贵，你先给兄弟媳妇包扎一下腿，一会儿王孃给她接生。（转过脸对着王孃）王孃，要准备些啥你赶紧让东娃准备！

（李贵去给曾秀芬包扎腿。）

王　孃：东娃，你去烧一锅热水。忠嫂，你去找些干净的纱布和棉花。

（李东娃和李母按照吩咐下场。）

李显民（几乎与王孃同时）：忠叔，村里还有不少人压在房子底下，你赶紧把东娃家的塑料布拿出来搭一个棚子，一会儿救的人都抬这里来！

李忠义：要得！

李显民：其余的人，跟我去救其他人！

（带着人下。）

——落幕。

尾　声

时间——2022年5月12日下午。

地点——涪城北边的“东娃杂货铺”。

人物——李东娃、曾秀芬、李沁。

景与序幕同，舞台上的东西的摆放跟序幕中三个人进屋吃饭时一致。

（李东娃开了杂货铺的后门先出来。后面跟着李沁，然后是曾秀芬。三个人边往外走边说话。）

李　沁：妈，照你这么说，安三叔本来可以跑出来的？

曾秀芬：是呀，最大那根木梁砸下来之前，他都可以自己跑出去。

李东娃：我晓得你安三叔那个人，他是不会丢下你和你妈跑的。

李　沁：这事你们咋不早说，早说我就写进作文里，这样我就不会被王老师批评了。

曾秀芬：你又没给我们说作文的事，再说就算说了，那会儿也不会往这方面想。

李东娃：这些事哪个会随时挂在口头，再说当年死了那

么多人，你安三叔只是其中的一个。

（三个人到了杂货铺外面。曾秀芬在先前的椅子上坐了下来。）

李　沁：安三叔与别人不一样，他受了那么多苦，而且被那么多人误会了，还是那么善良，依我看，他也应该被评为感动中国的人。我就写这事，题目就叫——汽水。

李东娃：题目叫啥不重要，只要把事情写清楚就行。听你妈说，你们今天下午还要搞演习？

李　沁：是呀，还要搞演习。

李东娃：搞什么演习？

李　沁：5•12 呢，还能是啥演习，当然是防震自救呀。

李东娃（上下看了李沁一下）：你这个体型，多半会跑在最后。

李　沁（有些不好意思地）：也不是最后，我们班有几个比我还胖，我比他们跑得快。

曾秀芬：我就说不让他喝汽水，越喝越胖，你还不听。

李东娃：以前不是你老给他喝汽水，才让他长这么胖的嘛。

曾秀芬：我哪晓得他会长这么胖，晓得的话我也不会让他喝了。

李　沁：这些话你俩能不能背着我说？对了，妈，你们最后是咋离开李家沟的？

曾秀芬：电话和手机都打不通，还能咋出去，只能靠自己啰。

李东娃：当时本来想等人来救我们，但是地震的范围太广了，等了两天，都还没有人来。

曾秀芬：我腿上的伤口发炎了，李贵的药已经快用完了，而其他受伤的人的伤口也开始发炎了。

李　沁：那咋办？

李东娃：你显民叔叔看不能再等下去了，于是就带着我们绕了道往绵阳的方向走。

李　沁：妈才生了我，腿又有伤，怎么走得了那么远？

李东娃：我、你大兵叔和胡子叔三个人轮流抬。

曾秀芬：还好到了国道，就看到救援队的车了，他们把我和你送进了绵阳的医院，把你爸他们带去了救援安置区。

李　沁：安三叔呢？

李东娃：天气太热了，那天晚上我们就把他埋了。

曾秀芬：一起埋的还有五嫂他们。

李　沁：哪个五嫂？

曾秀芬：就是给我拿毛衣过来那个，你要叫五孃，她被山上滚下来的石头砸死的。

李东娃：她老公五哥也死在北川。

曾秀芬（站起来捡地上的东西）：唉，那一次北川死了好多人。

李东娃：还好政府给力，马上发动全国的人救援灾区，不仅给我们吃的用的，地震过后还帮我们修房子。

曾秀芬：是呀，政府还在安昌镇下面新修了北川县城，我们本来也可以搬去那里住的。

李　沁：我们为啥没搬去那里？

曾秀芬：我老是梦见五嫂他们，总觉得他们还没有死，经常半夜醒了就睡不着，你大姨娘和大姨父就劝我们到涪城来，说在这边随便做点生意也比在那上面强，于是我们就下来了。

李东娃：听专家说，你妈这叫地震后遗症。

李　沁：爷爷和奶奶为啥不跟我们下来？

曾秀芬：你爷爷和奶奶犟得很，无论怎么说都不愿意下来。

李东娃：他们在李家沟住了一辈子，别的地方都不习惯。

李　沁：池鱼思故渊，我们王老师说过，人老了都喜欢待在熟悉的地方。

曾秀芬：地震之后，政府出钱给李家沟没搬走的人修了新房子，你爷爷和奶奶也住进了新房子。前些年你奶奶生病去世，我们又去叫你爷爷下来，结果他还是不下来。

李东娃：老汉说他要在那里陪我妈。只要没事，他就去把我妈和三娃坟前的草拔了。

曾秀芬：这里虽然房子不宽敞，多他一个还是挤得下，再过两年他动不了，我看我们还是把他接下来。

李东娃：到时再说嘛，他现在还能干活，昨天给他打电话他说在樟树土割油菜籽，还说等榨了油给我们送几桶下来。

曾秀芬：唉，你老汉就是磨命。（看着李沁）你们今天下午除了演习就不上课？

李　沁：要上，最后一节班会课演习。

李东娃：那你还不快走，不然迟到了。

李　沁：迟到就迟到，反正第一节是体育课，要跑步。

曾秀芬：你这么胖，就是该多跑一下。

李　沁：我不喜欢跑步。

李东娃：不喜欢我就专门去找你们体育老师，让他每天都让你跑。

曾秀芬：就是，（对李东娃）你改天去给体育老师说一声。

李　沁：好了好了，我马上就走。（背着书包下场）

李东娃：说实话，其实当初我是想待在新北川的。

曾秀芬（不高兴地）：听你这么说，好像是我委屈了你？

李东娃：委屈倒说不上，不过涪城人生地不熟的，确实不怎么安逸，来了十多年了，还认识不了几个人。

曾秀芬：如果你觉得新北川舒服，那你就一个人回去，我和沁儿反正是不会回去的。

李东娃：我也就说说而已，你那么认真干吗，在涪城做了十几年生意，再怎么也已经上路了，真要回新北川，还不知道干啥了。

曾秀芬：就是嘛，到哪个坡唱哪个的歌，你还不去给网吧旁边那家人送水？（拿出手机来玩）

李东娃（从屋里扛了水往电瓶车上放）：说我呢，你自己倒是又开始刷抖音了。

曾秀芬：你不是说有地震的视频嘛，我刷来看一下。

李东娃：你这是借口，我看呀你就是喜欢耍手机。

曾秀芬：才不是，欸，你看，真的有地震的视频，这是那个可乐男孩，已经到可乐公司上班了，这个是猪坚强，已经老得很了。

（背景画面和音乐，他们说的每一件事都在背景画面上出现相应的内容。）

李东娃（凑过去）：那会儿它还没死，不过吃东西都只能躺着了。

曾秀芬：这是那个救孩子的战士，当时危险，别人拉着不让他回去，他哭着说求求你们让我再回去救一个。

李东娃：这个是那个11岁的小孩背着他3岁的妹妹，据说他当初就那样一直背着妹妹走了十多个小时。

曾秀芬：这是那个到死都还在喂孩子奶的妈妈，孩子救出来时还含着她的奶头。

李东娃：这是那个跪在地上双手硬撑着救自己孩子的母亲，三娃当初也是这样救你的。

曾秀芬：唉，可惜这里边没有三娃。

李东娃：秀芬，我刚才在想，王老师未必就是让沁儿他们写那些高大上的东西，其实作为中国人，我觉得踏踏实实地做好自己的工作，其实就是很好的事了。

曾秀芬：我刚才也在想这事，只要我们的东西质量好，然后我们两个的服务好，倒没有必要像光头那样拍个吃了凉粉粑耳朵的视频去做噱头。

李东娃：是呀，真的没必要，我觉得男人的耳朵还是硬一点好。

曾秀芬：哼，你想都不要想。

（舞台渐暗。）

——落幕·全剧终。

男人的房间

NANREN DE FANGJIAN

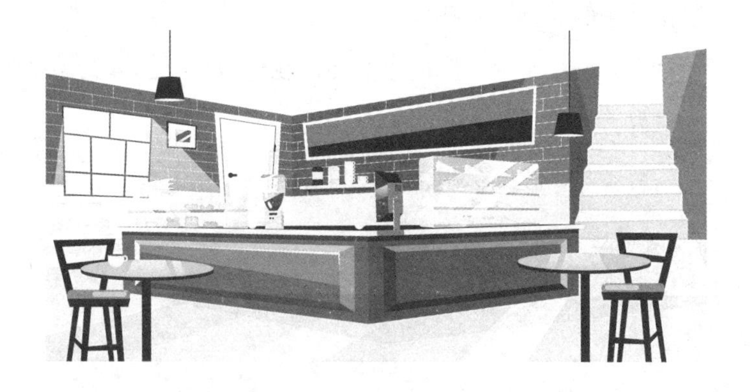

人　物

天涯沦落人——男，四十多岁，事业单位员工，办公室主任，一直没有被提拔，因人到中年老是思考人生的意义而感到迷惑。

戏中人i——男，三十多岁，大学学的IT专业，毕业后从事过一段时间的IT工作，现自主创业，小有成功，有“社恐”，喜欢看书和思考，曾经沉溺于代码和编程，常常陷入代码与人的关系的思考中。

唇唇于冻——男，二十多岁，大学学的经济管理，现与影楼等合作，同时也给个人拍摄婚纱照，因人生的方向不明确而迷茫。

剧中的三个人都不是现实中的人，而是虚拟聊天室中的人物，其真实身份是否如他们聊天中所说不得而知。他们的共同特征是在一个日益世俗的社会里，更喜欢思考人生的意义。

第一幕

时间——一个工作日的下午。

地点——男人休息室（虚拟空间内）。

一个有些像饮品店的地方，里面摆着一些桌子，每张桌子旁边都只有一把椅子。桌子和椅子的颜色可以一样，银灰色或者黑色，也可以颜色各异。桌子和椅子的摆放都很随意，突出休闲的意味。

房间后面的墙上写着“男人休息室”几个大字，字体随意而放松。字的下面是一些弓弩，形状各异。再下面是一些简笔画，可以看出梦露和其他女明星的轮廓。舞台左边有一个柜台，柜台前没人，只有一个自助的咖啡机。咖啡机正对观众那一面有一个二维码。咖啡机旁边有一个消毒柜，里面放着喝咖啡的杯勺。

整个舞台都呈现出一种不真实感，以达到突出虚拟空间的目的。后面两幕同。

（伴随着深沉而忧伤的音乐声，灯光渐亮。唇唇于冻和戏中人i坐不同的桌旁喝咖啡。唇唇于冻普通人装扮，其面前的桌子上放着一个平板电脑。戏中人i穿着很有个性，一看就与一般人不一样。他面前的桌子上放着一台手提电脑。唇唇于冻一边喝咖啡一边翻看手机，戏中人i在注视着电脑。）

（过了一会儿，戏中人i和唇唇于冻相互看了一下，没有说话。）

（天涯沦落人提着一个包上。他穿着正式，可以是西装，也可以是其他衣服，反正看上去很正式。他左右看了看，找了个最靠近观众的座位放下包，然后去到柜台前。）

（音乐声停。）

天涯沦落人：来杯咖啡。

（唇唇于冻和戏中人i同时转过头看着天涯沦落人。）

天涯沦落人（朝柜台里看了看）：人呢？来杯咖啡。

唇唇于冻：没人。

天涯沦落人：没人？没人怎么喝咖啡。

戏中人i：你是上个世纪过来的？不知道现在上厕所都扫码吗？

天涯沦落人：你这话咋说的？看你的样子，也不像00后呀。（左右看了看，从消毒柜里拿出杯勺，然后到咖啡机的正面扫码，咖啡流进杯里的声音）奇怪，这地方竟然没有服务员。（端着咖啡回桌子旁坐下）

唇唇于冻：这里是男人休息室，又不是咖啡店。

天涯沦落人：男人休息室？这里不就是个聊天室吗？男人休息室是个什么玩意儿？

戏中人 i：这里本来就是个聊天室，你想把它当成什么玩意儿它就是什么玩意儿。“男人休息室”是他取的名字。（说着用嘴努了努唇唇于冻）

天涯沦落人（走过去看着墙上“男人休息室”几个字）：虽然这个名字听上去有点怪，不过反正就是个聊天的地方，取什么样的名字都无所谓。

唇唇于冻：如果不是好奇，我才不会来这里。这么个破聊天软件，还说要超过脸书，等了半天才我们三个人。

天涯沦落人：说得也是，若不是其他软件聊烦了，我也不会来这里，你们想嘛，这里连个女人都没有，有啥好聊的嘛。

戏中人 i：我无所谓，反正我更喜欢和网上不认识的人瞎聊，对于身边的人，我一个字都不想多说。

天涯沦落人：其实很多时候我也喜欢在网上和不认识的人聊天，那样没有压力。

唇唇于冻：虽然打的旗号是提供畅所欲聊的地方，但我觉得设计这个软件的人还是为了赚钱。

戏中人 i：很正常，Facebook、Twitter、ins，当初也是这么弄起来的，现在它们哪一个不肥得流油。

唇唇于冻：大叔，不，大哥，不，大叔，唉，我到底该叫你俩大哥还是大叔呢？隔着屏幕见不到人，想要问你们问题都不知道怎么开口。

戏中人 i：爱咋咋，称呼嘛，反正就是个代号，你的网名叫唇唇于冻，他的网名叫天涯沦落人，一看就不是真名，至于我，肯定也不是真名，你可以叫我 W，也可以叫我 X，反正都一样。至于问题，你想问什么就问，反正回不回答在别人。

天涯沦落人：话是这么说，不过我还是喜欢别人叫我大哥。

唇唇于冻：那好，（面向天涯沦落人）还是这位大哥好说话，大哥，你肯定不是真想来这里喝咖啡的吧？

天涯沦落人：那是，真要喝咖啡就不来这里了，这里连咖啡味都闻不到。我也是心里憋着东西呀，有句话怎么说来着，真正属于男人的，是下班后回家前那段时间。

戏中人 i：你大概也是下班后宁愿坐在车里抽烟，也不愿意回家的男人吧？

天涯沦落人：确实是，很多时候我都这样。如果你们不介意，我现在就想抽支烟。

唇唇于冻：虽然我不喜欢闻烟味，而且这里是公共场所，不过墙上没有禁止吸烟的标识，你想抽就抽。再说就算你抽，

我们也不会吸二手烟。

戏中人 i：我无所谓，反正我自己也抽。

天涯沦落人（朝戏中人i走过去，掏出烟递了一支给他）：那好，兄弟，我俩一起抽。

（戏中人i没有拒绝，天涯沦落人拿出打火机给两人点上烟。）

戏中人 i：你刚才说的是你们结了婚的男人，没有结婚的，就像我，（脸转向唇唇于冻）你应该也没结婚吧？

唇唇于冻：没有，现在人结婚不仅要有相应的能力，同时还要有足够的勇气。

戏中人 i：我们没有结婚的，不会下班后坐在车里抽烟。

唇唇于冻：是呀，我们不会下班后坐在车里抽烟。就算我想坐在车里抽烟也不行，没有车，而且我也不抽烟。

戏中人 i：我下班后经常不知道该去哪里。有时压力太大了，我觉得还不如待在外面，反正我就经常一个人去咖啡馆里玩电脑，比如现在，我就在咖啡馆里。（向着咖啡机）那个扫码的咖啡机，就是我添加在那里的。

唇唇于冻：这个聊天室就这点好，聊天的人可以自己修改界面。

天涯沦落人：你们没结婚还有这么大压力？唉，我记得我当初还没结婚时，一下班就和几个要好的哥们一起玩，哪里有什么压力。

唇唇于冻：时代不一样了，现在这个社会太“卷”了。

戏中人 i：是呀，比卷尺还“卷”。（说完吐了一口烟）不过压力有时也不一定是因为“卷”，没事可做的时候，我感觉压力更大。

天涯沦落人：看来你俩跟我一样，也是心里的压力不知道该对谁说。

唇唇于冻：废话，刚才不是都已经说了吗，如果没有压力，谁会来这里！

天涯沦落人（向戏中人 i）：你不是拿着电脑在咖啡馆嘛，为什么还要来这里？

戏中人 i：虽然我拿着电脑在咖啡馆里坐着，但是心里的压力仍然还在。

唇唇于冻：我觉得你是不知足，如果是我，坐在咖啡馆里看着不认识的人，听他们说一些无关紧要的事，很快就会放松下来。

戏中人 i：如果只站在自己的角度，那别人所处的位置都是风景。唉，算了，你还太年轻，给你说了你也不会明白。

唇唇于冻（不屑地）：你很老吗？刚才这位大哥还说你是 00 后呢。

戏中人 i：哈哈，你生气了？说你年轻还不好吗，我可

巴不得别人说我年轻呢。可惜我是85后的，虽然离90后只差两年，可总归还是80后，想年轻也年轻不了。

天涯沦落人（自言自语）：年轻有啥不好呢，至少还有时间选择。（向唇唇于冻）小兄弟，那你应该是00后吧？

唇唇于冻：我是95后的，虽然离00后只差两年，但总归还是90后。不过说实话，我很矛盾，看网上00后叫90后的大叔时，我也曾希望自己是00后，但是看95后和00后“卷”得那么厉害，我又希望自己是80后，甚至希望自己是70后，至少70后和80后已不用再为饭碗而拼命。

戏中人i：听你这么说，好像70后和80后都已经功成名就了一样，如果你去了解一下，会发现他们当中混得不好的，连90后和00后都不如，至少90后和00后还有时间，他们呢，除了认输已没别的选择。

天涯沦落人：我觉得戏中人i说的有道理，水涨船高，每一个年龄阶段都有落水的和上岸的。（转向唇唇于冻）只不过你这个年龄的大家都还在水中，竞争自然会更激烈一些。

戏中人i：如果你去旁边那些国家看看，就会知道什么才是真正的“卷”。没办法，经济越发达，人就越想从水中爬上来。

唇唇于冻（不屑地对戏中人i）：你既然都知道，那为什么还要来这里？如果我是你，没事我就待在自己想待的地方。

戏中人i：我来这里自然有我的道理，就算圣人都有忧虑的事，何况我一个凡夫俗子呢。唉，算了，有些事说了你也不懂。

唇唇于冻：哼哼，我不懂我有自知之明，不像有些人，喜欢不懂装懂！

戏中人i：我看你今天是来找人吵架的吧？

唇唇于冻：真想要吵架，我也会找个能吵到一起的！

天涯沦落人：既然这里是男人休息室，两位就少说几句吧。（慢慢地往自己的座位走）说实话，很多时候我都很迷茫。虽然在别人眼中我过得还不错，但我就是觉得迷茫。

戏中人i：你迷茫什么？难不成要弄明白人活着究竟为了什么？

天涯沦落人：你还别说，我还真不明白人活着是为了什么。

唇唇于冻：这是哲学家才去想的问题。

天涯沦落人（叹了口气坐下来）：话是这么说，但人年龄越大，就越容易去想这些问题，这可能也是哲学家都是中老年人的原因吧。既然来到这里，我就想敞开心扉把心里的事都说出来。

戏中人i：现在的网民那么可怕，敞开心扉可以，但敞开身份就不好了。

天涯沦落人：那当然，不然我们也不会来这里聊了。

唇唇于冻：网聊最大的好处就是有一个保护层。

戏中人 i：网聊最大的坏处也是因为这个保护层。

唇唇于冻：那倒是。

天涯沦落人：我们还是不讨论这个问题了，在网络面前我们就是冰激凌，晒了太阳是会融化的。

（一时间三个人都不知再说什么。）

（过了一会儿。）

天涯沦落人（看了一眼两人，拿起咖啡喝了一口）：我看还是我先说吧。我在一家事业单位上班。大学一毕业，我就来了这里。怎么说呢，年轻的时候吧，对工作还有点追求，总希望能得到领导的肯定。

唇唇于冻：结果呢，你们领导只看关系，你的努力他完全视而不见。

天涯沦落人：倒也不是，我们领导比较正直，工作和个人关系分得很清楚，这不，我啥关系都没有，现在已当上了办公室主任。

戏中人 i（端着咖啡走过来挨着天涯沦落人坐下，好奇地）：那你的压力来自哪里，办公室工作做不下去？

天涯沦落人：不，我的工作很简单，领导布置下来的任务，我大都交给其他人做，只有领导要的文件啥的，我才自己写。

唇唇于冻（也走过来在旁边坐下）：那你为什么还有压力？

天涯沦落人：怎么说呢，不怕你们笑话，我是农村出来的。我家虽不在大山深处，但也算很偏僻了。在我家门前，有两棵树，一棵是苦楝树，另一棵……

戏中人 i：另一棵——也是苦楝树，哈哈，一个年代已经很久远的“梗”了。

天涯沦落人（笑了一下）：我们那一代人受这个“梗”的影响很深，所以老是喜欢这么说话。

唇唇于冻：然后呢？苦楝树和你的压力有关系吗？

天涯沦落人：没有直接关系，只是每到放暑假的时候，知了总是在苦楝树上叫个不停，我一个人坐在门口，听着知了的叫声会无比的恐惧，我怕自己像父母那样默默无闻地守着农田过一辈子，然后无声无息地死去。于是我拼命读书，把进城工作当作唯一的目标。我知道，那会儿周围像我那样的人很多，但能像我一样考上大学端上铁饭碗的很少。

唇唇于冻（有些不信地）：大学毕业后，你就进了现在的单位？

天涯沦落人：是呀，我们那个时候大学生还不是太多，进现在的单位不需要考试。

唇唇于冻：那你应该很满足才是，唉，我们现在若想进事业单位，竞争之大你想都不敢想。

戏中人 i：不是有句话嘛，宇宙的尽头是编制。

唇唇于冻：是呀，快毕业的时候我也去试了一次，怕竞争不过别人，我报考的是气象局，没想到两个岗位两百多个人报名，结果不用说你们也知道。

天涯沦落人：这个没办法，水涨船高，其他国家也一样，他们的生物科技博士还不是有去当保安的。

戏中人 i：主要是我们的父母都很保守，啥都要求稳字当头。

天涯沦落人：没办法，他们那一代人都这样。

戏中人 i：正因为这样，所以现在的年轻人大都没有冒险精神，一旦出了社会，他们就会像沙丁鱼一样，无论是见了食物还是捕食者，都往一个方向挤。

唇唇于冻（有些不屑地）：你这话说得，好像你就没有年轻过一样。

戏中人 i：正因为我年轻过，所以才会这么说。

天涯沦落人（忍不住笑了起来）：你倒是有自知之明，我们好多人到死都根本不明白自己在做什么。

唇唇于冻：我不知道年轻人稳字当头到底好不好，我只知道那样的工作我是找不到满足感的。

戏中人 i：话扯得有点远了，（向天涯沦落人）刚才我们不是还在说你家门前的苦楝树嘛，它和你的压力究竟是什么关系？

天涯沦落人：那两棵苦楝树曾经是我的参照物，如果我没考上大学，我就会像它们一样扎根在农村，最终成为像我父母那样的人。刚工作那些年，我回老家时，没有人不投来羡慕的眼光。毕竟那个时候的大学生，一个村都出不了一个。但是这几年，我们那地方搞旅游开发，我的那些老乡随便开个农家乐收入都比我高。听我父母说了我的工资，他们都有些不屑，说这吃国家粮的人，咋收入还比不上我们请的厨师呢。我回去时，我父母把这事说给我听，我虽然没往心里去，但多少还是有些失落。奋斗了那么多年，我觉得自己还是门口的那两棵苦楝树。

戏中人 i：如果一切都以钱来衡量，许多东西都会变得没有意义。

天涯沦落人：这个我知道，不过当周围人都在谈钱或者房子、车子的时候，又有几个人能做到无动于衷？

唇唇于冻：恐怕没有人能做到，只要你有生活圈子，你就会受那个圈子的影响。我们活在这个世上，最离不开的就是圈子，哪怕是网上的这个虚拟聊天室，它也是个圈子。

戏中人 i（对唇唇于冻）：这话有道理，就算是朋友圈，

那也是圈子，没有人离得开圈子，除非他是圣人，而现在这个社会只有市侩，没有圣人。

唇唇于冻（有些不理解地看着戏中人i）：这跟市侩有什么关系呢？

天涯沦落人：对呀，这跟市侩有什么关系呢？

戏中人i：我的意思是，这个社会的人缺少真正的理想……（转向天涯沦落人）算了，一时也说不清楚，还是先听你说吧。

天涯沦落人：其实我也没啥可说的了，虽然办公室主任只是一个干事的职务，不过我还是很珍惜。虽然有时候，我也想过再升一级，然而看着旁边竞争的人，我马上就泄气了。

唇唇于冻：你为什么会泄气？

戏中人i：还用说，肯定也是“卷”啰。

天涯沦落人：是呀，一份报告我改四遍别人改十遍，我去领导办公室一趟别人去十趟，最恼火的是他们渠道多，总是能打听到领导的小道消息，所以每一次升职，我都是陪跑的。时间一久，我们单位的人都看出来了，所以私下里他们给我取了个绰号叫“小李子”。

戏中人i：呵呵，连莱昂纳多都扯进来了。

唇唇于冻：原来你的压力来自升不了职呀？

戏中人i：其实这很正常，升职的毕竟是少数。

天涯沦落人：虽然我的压力不能说与此毫无关系，不过关系确实不大。刚开始的时候，我确实难过了一会儿，不过很快我就想通了，这个世界上大多数人都和我一样，甚至有的还不如我呢，我为什么要老在这上面纠结。

戏中人 i：那你的压力来自哪里？

唇唇于冻：是呀，来自哪里？

天涯沦落人：这事有点难以说清楚，（站起来用手在头上拍了几下）嗯，这么说吧，就是有一天领导让我写一份报告，我刚写到一半，突然有一种想吐的感觉。那感觉很奇怪，就像一直吃某样东西，吃到某一天你突然很是厌恶，以至于只要闻到它的味道就会反胃。

唇唇于冻：我知道这种感觉，有一阵我天天吃泡面，以至于现在闻到泡面味我就想吐。

天涯沦落人：我也有过吃泡面吃得想吐的感觉，不过两者并不一样。

戏中人 i：也就是说，你很厌恶现在的工作？

天涯沦落人：说不上厌恶吧，那次之后我也没再有那种想吐的感觉，我只是经常觉得迷茫。

唇唇于冻：你确定不是因为一直当“小李子”的原因？

天涯沦落人：我很肯定不是。如果真的是这个原因，那我也会把报告改十遍，然后每天去领导办公室十趟，这样迟

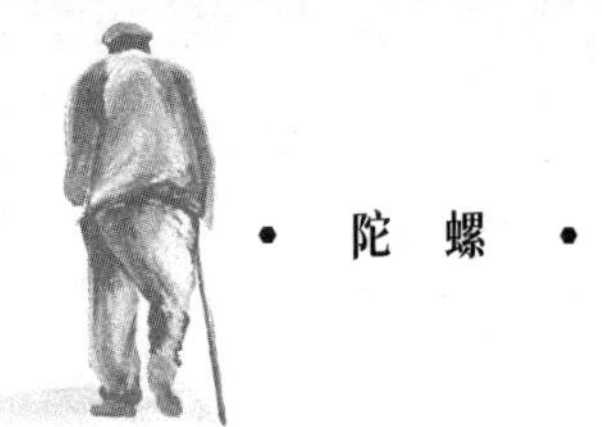

早我也会升职的，毕竟我现在还不算老。

唇唇于冻：也就是你现在不想再升职了。

天涯沦落人：不想了，我觉得没意思了。

戏中人 i：为什么就觉得没意思了？

天涯沦落人：我也不知道为什么，反正就觉得升不升职没关系。

唇唇于冻：难道这就是传说中的中年危机？

天涯沦落人：也许吧，我并不清楚中年危机究竟是怎么样的。

戏中人 i：这是个大问题，只要中年时期发生的事情，统统都可以扔进去。

唇唇于冻（向戏中人 i）：照你这么说，青春期和更年期也差不多，青春阶段和更年期阶段发生的事都可往里面扔。

戏中人 i：我觉得差不多，人生其实就是一个又一个的坑。

天涯沦落人：管它是中年危机还是坑，反正我现在做什么都提不起兴趣，做什么都觉得没意思。

唇唇于冻：你是不是又要说你不明白活着的意义？如果是的话，那我们又回到方才的话题上去了。

天涯沦落人：是呀，除了这句话，我真不知道还有什么能更好地解释发生在我身上的事。

戏中人 i：如果是这样的话，这个问题在这里就是无解的，人活着的意义，我们都不明白。

（三个人一时不知再说啥。）

（过了一会儿，戏中人 i 站起来走到唇唇于冻的身边。）

戏中人 i：欸，00 后，又是什么压力让你来这里聊天呢？

唇唇于冻（站起来走到台前）：我这种才工作不久的，不说你们也知道压力大的原因。

戏中人 i：你不说我们哪里知道。

天涯沦落人：对呀，你不说我们哪里知道。

唇唇于冻：那我还是从头说起吧。当初高考，我的成绩虽然不差，但也不是太好。我父母一个在厂里上班，一个在工地干活，对选择大学和专业一窍不通，他们看我的分数还可以，就听了一个熟人的建议，帮我选了现在的大学和专业。

戏中人 i：我猜他们帮你选了一个好学校，但专业是那个学校最差的。

唇唇于冻（看了戏中人 i 一眼）：你知道的倒不少，我确实上了一个不错的学校，但那个学校最厉害的是计算机和通信工程，而我学的却是经济管理。

天涯沦落人：那你当初为什么不自己选择学校和专业？

唇唇于冻：我自己选？那个时候我除了读书什么都不知

道，你让我怎么选？

天涯沦落人：那倒是，你那会儿哪里知道这些，不过这也不能怪你父母，能读985一般人都不会去211。

唇唇于冻：何况我当时根本就没有认真学过。

天涯沦落人：年轻人不能太性急，现在高分低能的多了去了，你可以从基层做起，等有了经验再慢慢升职到管理岗位。

唇唇于冻：我也是这样想的，但是不急是不可能的。考编失败后我通过校招进了一个大企业，那时候我满心欢喜，以为像你说的那样认真做事等着慢慢升职，然而进去工作没多久这梦就碎了，与我一起上班的全是985和211的研究生，有的甚至还是海归，待了不到一年，我就离开了那里。

天涯沦落人：你周围全是比你优秀的，你正好可以向他们学习，为什么要离开？

唇唇于冻（冷笑了一下）：为什么，因为不离开的话，十年过后我还是一个打杂的，而且不提高学历的话，永远也得不到升职的机会。

戏中人 i：你为什么不去读一个在职的研究生？

唇唇于冻：说实话，我不仅不喜欢那个专业，甚至还很厌恶，本科能够毕业都是看在父母供我读书不容易的份上，所以打死我也不会再去读那个专业的研究生了。如果真要读，我会选别的专业。

天涯沦落人：这样的话，你待在那里肯定没意思了。

唇唇于冻：是呀，所以我才会离开。

戏中人 i：是我就不会，我会想办法超越那些比我优秀的人，然后爬上去，压力大的时候我会想别的办法释放。

唇唇于冻（不屑地看了戏中人 i 一眼）：站着说话不腰疼，有本事你去试试。

戏中人 i：我没那个本事，我大学学的是计算机。

天涯沦落人：那是个好专业，毕业后完全不愁找工作。

唇唇于冻：那专业确实比我的专业好。

戏中人 i：如果仅仅是为了挣钱吃饭，那专业确实不错，但如果工作是为了更好地生活，那专业就是在把人变成工具，无论是 996 还是 007，在我毕业的时候许多公司都已经那样做了，只是那个时候关注度并不太高。

天涯沦落人：看样子，你在 IT 行业也没待多久吧。

戏中人 i：是呀，工作了差不多两三年吧，我就觉得自己被掏空了。那种感觉怎么说呢，不仅仅是累，还有一种不知身在何方的迷茫。

天涯沦落人：这怎么说？

戏中人 i：成天和代码打交道，我感觉自己也成了别人手中的代码。

唇唇于冻：听你这样一说，我心里倒好受了一些。离开先前那个企业后，我决定不再找专业对口的工作，因为我知道那是在浪费时间，再说我打心底不喜欢那个行业，离开了也就是永远离开了。

天涯沦落人：你就是那会儿开始创业的？

唇唇于冻：是的，应聘了几个想要的工作没有结果，于是我就开始自己创业。

戏中人 i：这不是很好的事嘛，虽然刚开始会有些辛苦，不过上路了就好了。

唇唇于冻：关键是我现在还没有上路，辛苦了半天还得不到别人的理解，你们说我能没有压力吗？

戏中人 i：谁都是这样过来的，刚开始都有很大的压力。

唇唇于冻：刚离开那个企业时，我父母只要一看见我就唉声叹气。他们老是说，别人读了那学校单位都争着要，为啥你却连工作都找不到。他们辛苦了大半辈子，只希望我能找个挣钱的工作。

天涯沦落人：那你现在做的什么工作？

唇唇于冻：我喜欢摄影，读大学时还得过学校的摄影奖，在婚庆公司和影楼待了一阵，我自己开了个工作室，现在与不同的婚庆公司和影楼合作。

天涯沦落人：那不是很好嘛，自己当老板了。

唇唇于冻：这哪里是老板，顶多也就是个自由一些的打工仔，而且我才刚起步，各方面都还有很多困难。

戏中人i：这个时候，你多半已经怀疑自己了，是不是？

唇唇于冻（有些感动地）：是呀，你怎么知道的？我还以为没有人能理解我呢。

戏中人i：因为我也是这么过来的。当初离开IT行业后，我也遇到过很多问题，那时我也怀疑过自己。

唇唇于冻：难怪，这方面我要多向你请教。

戏中人i：请教说不上，经验和教训倒是可以共享。其实和你比起来，我还有个很大的劣势。

唇唇于冻：什么劣势？

天涯沦落人：对呀，你有什么劣势？

戏中人i：我有很强的“社恐”，这可能是我们学IT的通病，我更愿意与屏幕和数字打交道，而不是人。和你们在网上这样聊着很自在，但若是见了面，我会紧张得不知说什么好。

天涯沦落人：那你是怎么样创业成功的？

戏中人i：你怎么知道我创业成功了？

天涯沦落人：从你的谈话感觉得出来你现在挺成功的。

戏中人i：算不得成功吧，只能说不用再为吃饭发愁。

唇唇于冻：你就别卖关子了，快把你的情况说来听听吧。

戏中人 i：其实我一开始与你一样，到处碰壁。那时我不知道干什么，许多行业都试过。多次失败以后，我开始怀疑自己。那一阵我压力非常大，晚上经常失眠。现实中找不到人倾诉，我开始像我们现在这样，在网上找人倒苦水。不想有一个认识了一段时间的网友，他与我一样也是满肚子苦水。他学财会的，也是一点都不喜欢那个专业。大学毕业后，他父母找关系让他进了一个事业单位。他不喜欢那个工作，没多久就辞职了。我俩很快说到了一块。他说有一次他跟人去一个小咖啡馆喝咖啡，没想到一下就喜欢上了那里的现磨咖啡。那之后，只要没事，他就会去那个咖啡馆。他的父母恨铁不成钢，每天都不给他好脸色。他没管，仍然一有时间就泡在那个小咖啡馆里。

唇唇于冻（打断戏中人 i）：你们在一起就只说这些？

戏中人 i：不是，除了这些，我们也说自己的想法。他说他也想开一家咖啡馆，他自己做咖啡师。得知我还没有好的想法，他就让我跟他一起做。虽然我不喜欢喝咖啡，但帮着进货和网上宣传还是可以的。于是我们俩约了在那个小咖啡馆见面。他的样子与我想象的差不多。不过刚开始，我仍然很紧张。他知道我的情况，一点也不介意。聊了一阵，我找到了我俩在网上聊天时的感觉，渐渐放松了下来。很快，我们就无话不谈了。那次见面之后，我俩不仅成了朋友，而且不久之后就开了第一家小咖啡馆。

天涯沦落人：网红咖啡馆吗？南门那边有一家我有时也会去坐一会儿，虽然去那里的都是年轻人，但我觉得我们这样的人坐在那里也别有味道。

戏中人 i：刚开始我们没想把它开成网红咖啡馆，没想到来喝咖啡的人多了，我们的咖啡馆竟渐渐成了网红咖啡馆。就算那些不喜欢喝咖啡的，也要来点一杯咖啡拍个照。

唇唇于冻：刚开始你俩是怎么分工的？

戏中人 i：咖啡馆的设计是我们共同做的。我先在网上搜集了很多咖啡馆的设计，然后再和他一起实地考察别的咖啡馆，最后我们形成了自己的风格。咖啡馆开业后，他做咖啡，我负责宣传。我们的咖啡馆设计得很有特点，而他的咖啡又做得很有特色，加上我的宣传到位，很快我们的生意就好了起来。那之后，我们又接连开了好几家咖啡馆。为了保持与总店的口味一致，其他店的咖啡师都是他亲自教出来的。

唇唇于冻：你们开第一家咖啡厅的钱哪里来的？

戏中人 i：我们共同出的，他有技术，出了三分之一，我出了三分之二。我平时不怎么用钱，之前挣的都放在那里，他没什么钱，找朋友借的。

唇唇于冻：唉，你和你朋友这方面做得很好。我之前和一个朋友准备合开一个婚庆公司，结果因为出资的问题

谈崩了。

天涯沦落人（向唇唇于冻）：你说的事我见得多了，赚了钱大家还是好兄弟好朋友，如果亏了，就会撕个没完没了。

戏中人 i：我们俩事先就说好了的，亏了就从头再来，谁也不怨谁。

（旁边突然响起一阵手机铃声。）

天涯沦落人（看了一下手表）：兄弟们，我该收拾东西回家了，你俩先慢慢聊。

（天涯沦落人拿着包下。）

唇唇于冻：这事我要向你取经，我经常感觉一个人力不从心，却又找不到称心的合伙人。

戏中人 i：也没什么经可取，第一是量力而行，第二是看准了就不要犹豫，别的就听天由命了。

唇唇于冻：按理说，你事业有成，应该没什么压力呢。

戏中人 i：唉，压力又何止是这一方面的，现在的人，压力无处不在呀。

（手机铃声又响了起来，与先前的不一样。）

戏中人 i（看了一下手机）：店里有事，我得过去一下，有空我们再聊。

（戏中人 i 提着手提电脑下。）

唇唇于冻（无聊地坐下来）：唉，就我一个人了，没意思。

我还是先看看婚庆公司的策划方案吧。

（灯管渐暗。）

——落幕。

第二幕

时间——一个工作日的晚上。

地点——男人放松室（虚拟空间内）。

台上有一些桌椅，颜色是较为鲜艳的卡通色。桌子和椅子摆放都很随意。

房间后面的墙上写着“男人放松室”几个大字，字体看上去有些卡通的味道。字下面的墙壁上是蓝天、白云和碧绿的草地。云和草之间飞着鸟儿和蝴蝶。柜台和咖啡机与第一幕一样，包括那个消毒柜，仍在舞台的左边。

（伴随着舒缓而轻快的音乐，灯光渐亮。唇唇于冻一个人坐在桌旁，眼睛盯着平板不知在想什么。戏中人 i 提着手提电脑从右边上。唇唇于冻和戏中人 i 的穿着与第一幕同。）

戏中人 i：上次是我最先来，这次是你。

唇唇于冻：白天是不懂得夜的黑的，也许今天只有我们两个人了。

戏中人 i：你是说那位叫“天涯沦落人”的大哥不会来？我已经给他发出邀请了，来不来就看他了。

唇唇于冻：结了婚的人，跟我们没结婚的人不一样，晚上一般都会守着老婆孩子，没时间闲聊。

戏中人i：那也不一定，夜也不懂得白天的白，中年男人的寂寞，你和我都不会明白的。

（天涯沦落人从外面进来，手上没有拿包，衣服也换成了那种居家服。）

天涯沦落人：一进来就看见你们在说中年男人的寂寞，说我吗？我在家可不是寂寞，而是忙碌，这会儿都是一边陪孩子做作业一边和你们聊天呢。

唇唇于冻：我们还以为你不来了呢。

天涯沦落人：怎么会，在这里聊天又不需要出门。再说只要我守着孩子做作业，我老婆就不会管我玩手机。

戏中人i：忙碌与寂寞又不能互相取代，有时候我也非常忙，手边的事一件接着一件，但心里却感觉非常寂寞。

唇唇于冻：我有时也会这样。

天涯沦落人（若有所思地）：你们的话……好像有些道理，有时候我明明忙得要命，但心里却又觉得少了什么。

唇唇于冻：我曾想过原因，但没想明白。

天涯沦落人：管他呢，这些事想多了头痛。（从包里拿出两支烟，一支递给戏中人i）来，兄弟，抽烟。（另一支递给唇唇于冻）你也来一支，反正也不是真抽。

（唇唇于冻犹豫了一下，接过了烟。）

天涯沦落人（给两人点上烟，然后自己拿出一支点上）：唉，当年我参加工作的时候，社会上最流行的一句话是工作、买房子、娶老婆，似乎人生所有的意义就在这三件事上。我是个节约的人，工作没多久就攒了一笔钱，加上父母攒的和我们向亲戚朋友借的，我在这个城市买了第一套房子。我父母挣不了多少钱，他们宁愿一个掰成两个花，也要给我攒钱买房子。还好那个时候房价不高，没多久我和我父母就把借的钱还完了。这人生的第二件事也算完成了。

唇唇于冻：这可是大事，我身边好多朋友可以没有工作和老婆，但就是不能没有房子，我现在最大的愿望就是能全款买一套房子。大哥你现在应该不止一套房子了吧？

天涯沦落人：确实不止，我和我老婆都不会理财，有了钱我们都买了房子，现在已经有三套房子了。

唇唇于冻（竖起大拇指）：大哥厉害呀！

天涯沦落人：厉害啥，这两年房价不是一直在跌嘛，因为这事我老婆一直在怪我呢。哦对了，你俩不用叫我大哥，我姓赵，叫我老赵吧。

戏中人 i：我觉得大家挺投缘的，我叫王成，有时间了来我店里喝咖啡，我请客。

唇唇于冻：我最小，大家叫我小李吧。（朝天涯沦落人）房价跌你老婆怪你干吗？

天涯沦落人：是这样的，买第三套房子的时候，我老婆想要买铺面，说租金高，我觉得电商兴起后实体店不好做，坚持要买房子。这些年来家里的事都是我老婆说了算，唯有那次买房子我做了一次主，所以房价下跌后我老婆一直怪我。

戏中人 i：呵呵，女人都这样，如果当时买的是铺面，铺面价格下跌了她还是会把责任推到你身上的。

天涯沦落人（有些奇怪地望着戏中人 i）：你不是没结婚嘛，咋这么懂女人？

唇唇于冻：没结婚不代表没接触过女人，看他的样子，应该吃过不少女人的苦。（自嘲地）呵呵，其实我也一样。

戏中人 i：唉，男人和女人，我觉得生来就是互相伤害的。

天涯沦落人：难怪你们现在结婚需要勇气，看来现在的男女越来越不好相处了。我们那会儿还好，买了房子没多久，我父母就开始催婚了。我父母都是老实巴交的人，对他们来说，生活的意义就是帮我完成人生那三件大事。

唇唇于冻：这个我知道，我爷爷奶奶跟你父母一样，所有的心思都在子女身上，子女长大成人后，他们就催子女结婚，然后帮他们带孩子，不然的话，他们就觉得生活没有意义。

戏中人 i：别说你爷爷奶奶他们，就连我父母到现在了

依然是这种思想，如果我不结婚生子，他们就觉得我们王家断后了，所以成天催我结婚。

天涯沦落人：可能是因为我成长环境的原因，我是个很实际的人，觉得结婚就是结婚，与浪漫没什么关系。当单位同事的老婆给我介绍现在的老婆时，我觉得她条件不错，想都没想就答应了。

唇唇于冻：那你考虑过你们之间的爱情没有？

天涯沦落人：爱情？（自嘲地笑了一下）说实话，读书的时候我也有过喜欢的人，但都是我暗恋别人，算不得爱情。而且我也从没把喜欢一个人往结婚上想，在我看来，和喜欢的人过现在这样的家庭生活是件残酷的事。

唇唇于冻：你怎么会这样想？

天涯沦落人：可能是我把爱情看得太美好了，所以我总觉得我爱的人应该不食人间烟火。

戏中人 i：是不是因为爱她，所以你都不愿意和她做爱？

天涯沦落人：是呀，觉得往那方面想都是在亵渎她。

戏中人 i：你那是纯粹的爱情，同时也是病态的爱情，每个人应该都有过。

唇唇于冻：那你觉得结婚应该找什么样的人？

天涯沦落人：我也不知道，也许我老婆这样的就很好，我不是王子，她也不是公主，彼此间有什么不满意凑合一下就过去了。更重要的是，如果有一天我们因为什么原因分开了，譬如疾病、灾难或者说离婚，刚开始我可能会不习惯，不过过不了多久我就会找一个类似的人凑合着过日子。

唇唇于冻：真要是这样，婚姻还有什么意义，还不如不结呢。

戏中人 i（向唇唇于冻）：也许老赵这样的才是真正的爱情，真正的爱情也许就该以过日子为目的。

唇唇于冻：你当时和嫂子结婚，总是看上她哪方面了吧？

天涯沦落人：怎么说呢，她长得一般，在另一个单位工作，跟我一样很稳定，如果非要说我看上了她哪一点，那就是她跟我一样，是个踏实过日子的人。对我来说，这已经够了。而且我工作比她好，学历和收入也比她高，除了父母是农村的，她也没有什么不满意的。

戏中人 i：她嫌弃你是农村的？

天涯沦落人：说不上嫌弃，不过那个时候农村和城市的差别还是有点大，结婚时大家都会考虑这个问题。哦，对了，前些年网上流行一个词叫“凤凰男”，你们应该都知道吧。

唇唇于冻：网上的事翻篇很快，你不说我还真不知道。

戏中人 i：我知道。

天涯沦落人：“凤凰男”表面说的是山村里来的男人小气，事事都要考虑父母，但其实是城里人自以为是的优越

感的体现。

唇唇于冻：嫂子她拿这说事了？

天涯沦落人：是呀，我家虽然是农村的，但我父亲那会儿已开了一个加工房，收入并不比她下岗的父母低，加上我在城里有房子，各方面条件我都不比她差，但她却总想在我面前表现出优越感来，于是老是拿我家是农村的说事。

戏中人 i：是我肯定受不了，你是怎么忍下来的？

天涯沦落人：女人嘛，都这样，她们也没有恶意，只是想借此证明自己在家里的地位而已。

唇唇于冻：我觉得这是因为每一个女人都希望自己是对方心目中的小公主，所以一切都要以她们为中心。我在大学里面谈的那个女朋友就是这样，总是生活在幻觉中，总觉得所有人对她都应该像她父母那样。

戏中人 i（向唇唇于冻）：你就是因为这个原因和她分手的？

唇唇于冻：也不全是吧，主要还是我们俩都觉得不合适，不过现在回想起来，那会儿我们还是挺浪漫的。

天涯沦落人（表现出很有兴趣的样子）：怎么个浪漫法，说来听听。

唇唇于冻：她和我是一个学校的，喜欢唱歌和跳舞。我虽然不是学理工的，但也不喜欢唱歌跳舞。我喜欢打排球。

尽管我个子不高，却是我们学院的主力二传。当时有一场比赛，我们学院对她们学院，她到了旁边当啦啦队。那会儿没有围栏，围看的人都站在球场周围。有一次队友的一传没传好，我传给边攻手的时候不小心把球垫飞了，球飞出场后打在了她的身上。

天涯沦落人：你去给人家道歉，就此认识了？

唇唇于冻：差不多吧，我觉得不好意思，给她买了一杯奶茶作为补偿。

天涯沦落人：就一杯奶茶就搞定了？这也太容易了吧。

戏中人i（向天涯沦落人）：这你就不懂了，他是故意的。（向唇唇于冻）那会儿肯定是秋天，而那杯奶茶应该是那个女孩收到的第一杯奶茶。

唇唇于冻（有些得意地）：是不是她收到的第一杯奶茶我不知道，不过那会儿确实是秋天。

戏中人i：这很老套。

唇唇于冻：这确实很老套，不过管用。她是个非常可爱的女孩，当我下场给她道歉时，一下就被她迷住了。你说那会儿除了买奶茶，我还能干吗呢？

戏中人i：那你和她在一起了多久？

唇唇于冻：从大二一直到大四吧。

天涯沦落人：谈了这么久，分了可惜了，谈女朋友的成

本可不低，除了经济上的，还有精神上的，那两三年，你应该没少哄她开心吧？

唇唇于冻：几乎天天都在哄她开心，为此我自己也进入了她的幻觉，把她当成了小公主。

戏中人 i：那你又是怎么从幻觉中出来的？

唇唇于冻：那是大四的时候，你们都知道，那会儿既要忙毕业论文，又要四处找工作，不知不觉我就有些忽略她。有一天，她突然找到我说要和我分手。我问她原因，她说我一点都不在乎她。我给她说了自己当时的情况，让她多理解一下。然而她根本不能理解，说任何忙碌的借口都是对她的不在意。那会儿，我才发现她爱的是我爱她的感觉。也许那两三年来，她只是希望有个人像我那样爱她，而她并不爱我。为此，我们闹了矛盾，过了没多久就分手了。

天涯沦落人：就因为这点小事分手，有些可惜了。（自言自语）唉，毕竟是年轻人，还是太冲动了。

戏中人 i：有啥可惜的，就他俩的关系，迟早都会分开的。

天涯沦落人：为啥？

戏中人 i：很简单，小李根本给不了那女孩想要的。唉，老赵，你 out 了，根本不知道现在的女孩子都想的啥。

唇唇于冻：王成说得没错，虽然刚开始我有些后悔，不过过了一阵，我就明白了，她迟早会离开我的。唉，女人一旦现实起来，远远超过男人。

天涯沦落人：这倒是事实，女人都懂得待价而沽，尤其是漂亮的。

戏中人 i：女人是种很奇怪的动物，一方面把爱情看得很重，另一方面又绝不会放过物质。对她们来说，到底是爱情重要还是物质重要，恐怕她们自己也说不清。

唇唇于冻：听你这么说，好像也吃了女人不少的苦头？

戏中人 i：算不得吃苦，只是觉得女人难伺候。

天涯沦落人（有些不怀好意地笑了笑）：嘿嘿，怎么个难伺候，说来听听。

戏中人 i：我先前给你们说过，我是个有“社恐”的人，见了不认识的人会很紧张。

唇唇于冻：是呀，难道你见了女人不紧张？

戏中人 i：不，见了女人我更紧张，所以大学四年我几乎都在码字，直到工作以后我才交了第一个女朋友。

天涯沦落人：你的女朋友也是别人介绍的？

戏中人 i：不是，别人介绍的见了面我不知道说什么。那女孩是我在交友软件上认识的，你们应该看得出来，我在网上不仅能说会道，还很幽默。

唇唇于冻（笑）：能说会道还凑合，幽默没看出来。

戏中人 i（有些不高兴）：那是因为我没必要在这里幽默，又或者是我已经很幽默了，你根本不懂。

天涯沦落人：在这里幽不幽默不重要，重要的是你和你女朋友接下来的故事呢？

戏中人 i：我们在网上聊了一阵，感觉还不错，于是决定“奔现”。

唇唇于冻：不会是见光死吧？这样的事我听得多了。

戏中人 i：不算吧，我和她大多数时候都视频聊天，而且我把我有“社恐”的事也给她说了，所以彼此什么样大家心里都有底。为了让她有个好印象，第一次见面的时候，我特地选了个很浪漫的地方，我们学 IT 的，找个这样的地方很容易，并且我还在网上订了 999 朵玫瑰。我不是个浪漫的人，但第一次见面的准备还是做得很充分。

天涯沦落人：你女朋友应该被打动了，这样的情况很少有女人不被打动。

戏中人 i：是的，看她被感动的样子，我也有些感动了。

唇唇于冻：我当初也是这样，看我女朋被感动自己也感动了。

戏中人 i：她比视频聊天时看起来还漂亮，我觉得自己配不上她，刚开始甚至还想过退缩，但我们确实就那样恋爱了。

唇唇于冻：我猜，他应该对你不太满意，长得不怎么样不说，还是有“社恐”的 IT 男。

戏中人 i（不屑地）：好像在你眼里，IT 男看上去都很猥琐变态。

唇唇于冻（笑了起来）：不是所有人，是觉得你看上去应该很猥琐。

（戏中人 i 发了一张照片在聊天室，照片出现在舞台的墙壁上，遮住了蓝天白云。）

戏中人 i：这就是我的生活照，没有美颜的，从来都没人说过我猥琐。

天涯沦落人：挺帅的，超过我见过的大多数人。

唇唇于冻：看上去确实不错，不过不一定就是你本人。

戏中人 i（不屑地）：呵呵，无论我怎么说，你都可以不相信，不过这不重要，我们又不认识，没准你是个女人也说不定呢。

天涯沦落人：我们之间没必要为这些事争吵，再后来呢？

戏中人 i：虽然刚开始我有些紧张，不过熟悉之后，我们在一起就没啥了。那时我经常加班，怕她被冷落，每次见面，我都会精心选择一个礼物。

唇唇于冻：她肯定很喜欢那些礼物。

戏中人 i：是的，她很喜欢。

天涯沦落人：我猜没多久你们就同居了。

戏中人 i：是的，你猜对了。

唇唇于冻：那你们是怎么分开的？

戏中人 i：我们没有分开，直到现在都在一起。

天涯沦落人（奇怪地）：你们还在一起？

戏中人 i：是的，这也是最让我抓狂的问题。

唇唇于冻：哦？抓狂？说来听听。

戏中人 i：在一起没多久，我就发现她无意结婚。她不仅长得很漂亮，而且家里有钱，自己收入也很高。对她来说婚姻和家庭都是负担，所以她说她只需要爱情。

唇唇于冻：就是那种只恋爱不结婚的？哦，这样的人我也遇到过。

戏中人 i：现在这样的女人越来越多，中国结婚率之所以那么低，我觉得跟她们有很大的关系。

天涯沦落人：你女朋友根本不缺钱呢，你还说她物质？

戏中人 i：她不缺钱并不代表她不在乎钱，比起别的女人来，她更在乎男人为她花钱的态度。

天涯沦落人：那这么多年你们既不分开也不说结婚，你是怎么忍下来的？

戏中人 i：我本来是冲着结婚去的，看她没那个打算，我也就不再多想。其实同居了一阵之后，我们俩都有些腻了。

唇唇于冻：都有些腻了？什么意思？

戏中人i：还能有什么意思，就是都对对方没感觉了，于是我们就分开了。

唇唇于冻：你不是说你们还在一起吗？

戏中人i：你着什么急，我还没说完呢。分开没多久，她又回来找我了。

天涯沦落人：这听起来很奇怪。

戏中人i：刚开始我也觉得很奇怪，不过没多久就习惯了。我们不再像之前那样同居，不过还是以男女朋友的名义经常一起吃饭和玩耍。

唇唇于冻：肯定也包括更亲密的事。

戏中人i：当然。

天涯沦落人：那你们是不是各自外面都另外有人？

戏中人i（沉默了一下）：是的。

唇唇于冻："渣男"和"渣女"。

戏中人i：渣不渣我不知道，反正我们就一直维持着这样的关系，一直到现在。当然，这种关系也榨干了我们身体里面那个叫作爱情的东西。

天涯沦落人：你认为爱情是一种东西？

戏中人i：我不知道爱情是不是东西。有时候，我觉得它是荷尔蒙引起的激情；有时候，我又觉得它是两个人灵魂

的交流；然而更多的时候，我觉得它应该是两个人在生活上的相互依靠……唉，不瞒你们说，我看了不少这方面的书，不仅没弄明白，反而越来越迷糊。

（唇唇于冻和天涯沦落人都看着戏中人 i 不说话。）

戏中人 i：你们这样看着我干吗？我不过说出了我的真实想法。关于爱情，难道你们以为是韩剧里那样的？

天涯沦落人：怎么说呢，其实看见让人心动的女人，我也认为爱情是荷尔蒙，也就是脑子里分泌的那个多什么来着。

唇唇于冻：多巴胺。

天涯沦落人：对，多巴胺，是它让爱情成了爱情。

戏中人 i：再火热的激情，过去之后都会腻烦的。有那么一会儿，我曾以为灵魂之爱才是真正的爱情。

天涯沦落人：就像贾宝玉和林黛玉那样的？

戏中人 i：我不知道，灵魂的事我也说不清。

唇唇于冻：说实话我不喜欢贾宝玉和林黛那样的爱情，我无法想象他俩发生性关系会是什么样的。

天涯沦落人：古人的爱情都与诗呀画呀相关，好像与性都没什么关系。

戏中人 i：也许不涉及性的爱情才是真正的爱情，毕竟性与荷尔蒙相关，与灵魂无关。

天涯沦落人：你们的话让我想起了我的父母。我父母不懂我们说的这些，他们在一起就是为了生活。尽管我父亲脾气不好，时常冲我妈发脾气，而我妈小气，老是喜欢念叨，所以他俩经常吵架，但每次吵过之后，他们很快又会跟原来一样。他们之间那样的，也许才是真正的爱情，相濡以沫嘛。

唇唇于冻：我不觉得，他们那一代人受思想观念的约束，只会考虑生活，根本不会考虑爱情。

天涯沦落人：你错了，他们那种爱情是我们现在的人比不了的，但凡我父亲有一点头疼脑热的，我妈比啥都紧张，反过来我父亲也一样，虽然他们的关系看起来不怎么样，但却比那些卿卿我我的小夫妻稳固多了。

唇唇于冻：他们那是亲情，不是爱情。

天涯沦落人：谁又真正分得清亲情和爱情呢？中国像我父母这样的夫妻，至少有一半，（转向戏中人 i）你刚才不是也说过爱情是生活上的相互依靠吗？我父母他们就是因为生活上的相互依靠，彼此才成为对方最重要的人，也许这才是真正的爱情。

戏中人 i：正是因为这个原因，你才娶了你现在的老婆吧？

天涯沦落人（想了一下）：这完全有可能。不过我和我老婆的关系根本不能与我父母相比，虽然我们在生活上也

会彼此依靠，但根本不可能像我父母那样发自心底地关心对方。当然，这并不是说我老婆对我不好，或者说我对她不好，而是……怎么说呢，就是现在的人吧，谁都不敢把自己和另外一个人完全绑在一起，他总是要为自己留一点余地……唉，这一点我也说不清楚。

戏中人 i：没事的时候，我常常胡思乱想。尤其面对电脑时，我总觉得人就像是与机器共生的一个符号，血和肉一点都不重要。有时想得太多了，不仅周围的东西，就连我自己我都觉得不真实。

唇唇于洓：我有时也会觉得自己不真实，也许这一切都是电脑的错，人类就不该发明它。

戏中人 i：不，我觉得是人自己的错。刚进大学时，我非常迷恋电脑，总觉得那玩意儿有无穷的潜力。即便到了现在，我依然这么认为，只是我再也不迷恋它了。它就像酒一样，虽然自己没错，却总是能让人一错再错。

天涯沦落人：我也觉得错的是人不是电脑。我看过一本书，上面说我们不再像原来那样缺少物质，所以越来越以满足自己的欲望为目的，而人类的欲望一旦超过某个界限，犯错就在所难免。

戏中人 i：话虽如此，但又有人说人就是欲望的机器，若没有了欲望，我们也不再是人。

唇唇于冻：唉，不是说女人嘛，你俩扯得太远了。人究竟是什么也该是哲学家关心的问题，我们还是说女人吧。

戏中人 i：好吧，那你就说说你这两年的女人缘吧。

唇唇于冻：我与女人无缘。这两年我虽然也接触了一些女人，但都不长久。不知道为什么，自从离开学校后，我与女人越来越说不到一块儿了，我也不知道这是女人的问题还是我自己的问题。

戏中人 i：我觉得女人的原因要大一些。一方面现在的女人越来越能干，另一方面她们又越来越自我，而男人在这方面已经远远跟不上她们了。

唇唇于冻：我觉得你这是在长女人志气灭男人的威风。

戏中人 i：男人没有威风，至少我和我女朋友在一起从来没有威风过。

天涯沦落人（若有所思地）：男人有没有威风我不知道，不过女人确实变得太快了。就拿我家来说吧，我老婆身上虽然还有些传统女人的影子，但她已经不安心待在家里了。而我女儿就完全不一样了，在她身上看不到一点传统女人的影子。她不仅不会洗衣做饭，而且性格远比同龄的男生强势和独立。

戏中人 i：大势所趋，谁也没办法。

天涯沦落人：是呀，因为激烈的社会竞争，我老婆从小

就让我女儿补习各种东西，音乐、舞蹈、主持、英语……只要能补的，她几乎都补了。刚开始她还会有些不高兴，说自己没时间玩了，然而到了现在，她不仅不再不高兴，甚至还把培训当成了爱好。在她看来，培训不仅可以让她变得更优秀，同时还可以让她变得更自信。因此她除了成绩好，其他方面的能力也很出众，甚至就连女生不擅长的体育，她也要比别人好。很难想象她长大之后会像传统女人那样相夫教子。

唇唇于冻：唉，照你这么说，我看我还是当一辈子“单身狗”算了。

戏中人 i：呵呵，这样下去，男人越来越找不到自己的位置了。

天涯沦落人：曾经有人说，女人的一半是天使，另一半是魔鬼。现在我的身边就有两个女人，可我觉得她们既不是天使也不是魔鬼，具体是什么，我也说不清。反正我既离不开她们，又无时无刻不受她们的煎熬和折磨。

唇唇于冻：哈哈，这话你也只敢在这里说。

天涯沦落人：是呀，若我敢当着她们的面说，不光我老婆和女儿不会放过我，就是旁边的人也会说我脑子有问题。

戏中人 i：很正常，人其实都是戴着面具生活的。

唇唇于冻：所以你才需要这样的聊天室，需要一个可以宣泄情绪的地方。

戏中人 i：难道你们不是？

天涯沦落人：我们也一样。

戏中人 i：关于面具，可能我的体会最深，我总是怕别人看穿面具后面的我，所以我才有那么严重的社交恐惧症。

唇唇于冻：话说回来，也有可能我们误解了女人，（向天涯沦落人）当你老婆和女儿忙碌那些事的时候，她们也许比你还迷茫，只是你不知道罢了。

天涯沦落人：这一点我真没看出来，我老婆和女儿在我面前从来都是颐指气使的。尤其是我老婆，只要对我不满意就会大吼大叫。

唇唇于冻：原来嫂子一点都不温柔。

天涯沦落人：其实她这样我还能接受，如果她明明对我很不满，却偏偏又要装着一副温柔体贴的样子，那样我才真的受不了。

唇唇于冻：我和你不一样，就算对我再不满，我也受不了女人对我恶语相向。

戏中人 i：这多半与你妈有关，因为她，你才会那么计较女人对你的态度。

唇唇于冻：算了，我不想谈我妈的问题。

天涯沦落人（坐回桌旁，一条腿架到另一条腿上）：其

实我们不该谈这个话题，这个话题老让我想起下班回家的那段路，你们愈说，我愈觉得只有那段时间才属于我自己。

戏中人 i：当这些成为一种普遍现象时，说明这个时代的游戏规则已经形成了。

天涯沦落人：我不想明白这些游戏规则，我只是不希望我老婆和女儿像现在这样，我希望她们成为她们本来的样子。

唇唇于冻（奇怪地）：她们有本来的样子吗？

戏中人 i：是呀，人哪有本来的样子？

天涯沦落人：怎么会没有，我觉得女人还是应该以家庭为主。

戏中人 i：呵呵，我看你还是少操心这事为好，人都是规则的产物，每一个时代都有每一个时代的规则，如果别人家的孩子都那样，就你的孩子不那样，你会心安理得吗？

天涯沦落人：唉，（摇了摇头）不会，在我看来，做一个随波逐流的普通人永远比做一个前途未卜的英雄强。

戏中人 i：既然如此，那你还是接受你老婆和女儿现在的样子吧。

天涯沦落人：不接受也没办法，她们俩已经认定了那样是对的。我能做的，也只有默默地接受。

唇唇于冻：按理说，你应该满足才对。

天涯沦落人：是呀，周围人也这么说。（站起来）但是不知为什么，我不仅满足不起来，还老是莫名其妙地觉得失落。

戏中人 i：这可能是因为你在她们面前已经找不到存在感了。

天涯沦落人（困惑不解地往前走了几步）：这话好像有道理，她们越是那样，我觉得离她们越远，除了挣钱拿回家，我几乎就是多余的。当然也不全是多余的，女儿回到家总要问爸爸呢，他去哪儿了？然而我老婆说了我去哪里之后，女儿就做自己的事去了。似乎我是家里的一个摆设，没有实际意义，但又离不了。

唇唇于冻：好像大多数结了婚的男人都这样，我已经听好几个人这样说了。

天涯沦落人：我老是有一种感觉，她们母女俩是一个系统，我自己是一个系统，彼此之间毫无共同点。

唇唇于冻：我记得读大学的时候，有个老师说消费社会是阴性社会，所以提醒我们一定要注意消费主体，经济管理嘛，必须得注意这些东西。

戏中人 i：那老师说得没错，消费社会人越来越注重外表而不注重内在，就连有些男人也要化妆了。

唇唇于冻：哼，我一点都看不惯男人化妆。

戏中人 i：这话你要是在大街上说，恐怕会有很多人打你。

唇唇于冻：所以我才在这里说。

天涯沦落人：有人讨厌就有人喜欢，我女儿就觉得男人化妆还挺不错。

唇唇于冻：有这种想法的恐怕都是小姑娘。

天涯沦落人：那不一定哦，我觉得我老婆好像也不是很反对。

唇唇于冻：我之前也跟你一样，看见化妆的男人就不舒服，不过认识了现在的女朋友后，我觉得那也没啥了，有时候，我女朋友也会给我买颜色鲜艳的衣服。

戏中人 i：不是，我从不涂脂抹粉，只是衣服穿得有些个性，你可以看我的照片。

唇唇于冻：我倒忘了你的照片。（看了看墙上的照片）你看起来其实更像艺术家。

戏中人 i（向唇唇于冻）：你是搞摄影的，你才是艺术家。

唇唇于冻（自嘲地笑了一下）：我不是艺术家，我只是一个靠相机吃饭的。

天涯沦落人：女人对这个世界有完全不同的看法。回到家中，我不仅自己的行动要与她们一致，甚至就连聊别人的家常也要与她们一致，虽然我一点都不喜欢聊那些东西。

唇唇于冻：没办法，女人就是那样，她们永远都站在对的那一方。

天涯沦落人：唉，我不知道其他人是不是也这样，反正我与我老婆和女儿待在一起时，要不了多久我就会觉得迷茫。

戏中人 i：那你想过离开她们没有？

天涯沦落人：离开？什么意思？

唇唇于冻：他说的是与你老婆离婚。

天涯沦落人（头摇得像拨浪鼓）：没有没有，我不可能和我老婆离婚，我身边真要没了她们，那我的生活就彻底没有意义了。

唇唇于冻：感觉你这个人很矛盾。

天涯沦落人：是呀，我自己也觉得很矛盾。（叹了口气）也许这些都是我自己在没事找事，与她们没有关系。

戏中人 i：意义是个很奇怪的东西，每个人都在追求，但是每个人都不明白。你，我，还有小李，都一样，也许我们都是吃多了没事做，在这里胡思乱想。

唇唇于冻：我可没胡思乱想，我还在为吃饭的问题发愁呢。

天涯沦落人：唉，也许生活本来就是洒满泥灰的芝麻，一把抓去，你也不知道抓的是芝麻多还是泥灰多。哎呀，我

老婆过来了，我得下了！

（天涯沦落人匆匆下场。）

唇唇于冻（看了一下时间）：我也该下了，一会儿还要去见个客户。

戏中人 i：晚上还要见客户？

唇唇于冻：他们只有晚上有时间。

戏中人 i：那你去忙吧，我一个人再待一会儿。

（唇唇于冻下场，戏中人 i 一个人坐下端了咖啡喝。）

——落幕。

第三幕

时间——一个节假日的上午。

地点——男人放空室（虚拟空间内）。

景与第一幕、第二幕相差较大，舞台上换成了沙滩椅，摆放很随意，沙滩椅前面放着小桌子，小桌子上放着饮料。舞台上不再有咖啡机，人物上下舞台的位置也不再固定。

房间后面的墙上写着“男人放空室”几个大字，字体看上去带着禅意。字的后面是大海和海滩，一个人面朝大海背对着观众席做放松状。整个画面显得十分柔和。

（戏中人i和唇唇于冻坐在沙滩椅上，位置不限，他们没有带平板和手提电脑，都一身很休闲的打扮。天涯沦落人从右边上，他穿得也很随意。）

唇唇于冻：老赵，我们都等你好一阵了。

天涯沦落人：唉，我老婆带我女儿去上舞蹈课，舞蹈鞋拿错了，让我给送过去，所以才来。你俩咋就这样干坐着，怎么不聊天呢？

戏中人i：说来也怪，你不来，我俩竟然不知道聊啥。

天涯沦落人：哈哈，看来我在这里才有存在感呀。

戏中人 i：是呀，你和我们在一起才更有价值。

唇唇于冻：王成说今天我们要放空自己，所以我就把聊天室的背景做成了这样（回头指了一下后面），其实我每天都会放空自己，每天晚上睡觉前，我都要听半小时音乐。

戏中人 i：我所说的放空不是你说的那种放空。

唇唇于冻：那你说的是哪种放空？

戏中人 i：我说的放空不是心情的放松，而是长时间积压的情绪的释放，你一会儿就明白了。

唇唇于冻：好吧，那我就先不问了。

天涯沦落人：你们别说，我倒真的很想放空的。不知为什么，这一阵我老是觉得心里有什么东西堵着。我不是个工作狂，陪跑了这么多年，我已经认清了工作是工作，生活是生活。工作狂是能在工作中找到意义的人，而我觉得工作就是挣钱养家的，能升职当然好，不能升职也没啥，只要待遇过得去就行。

唇唇于冻：虽然我工作的时间没你俩长，不过我也已经认识到了工作和生活本来就是两码事。

戏中人 i：我的工作和生活常常是分不开的。告诉你们一件事，之前在 IT 行业上班的时候，我回家后没事经常制造一些杀毒软件杀不了的小木马放出去，不会给别人带来什么损失，但是会让他们很讨厌。

天涯沦落人（奇怪地）：你为什么要那么做？

唇唇于冻：我想肯定是在寻找存在感吧？

戏中人 i：可能我真的是为了寻找存在感，每天都和那些代码打交道，我很明显地觉得我失去了某些东西。

天涯沦落人：你失去了什么东西？

戏中人 i：这个我也说不清楚，反正在 IT 行业干久了，你会发现人类其实是被一串又一串的代码控制着的，电脑、手机，甚至我们的思维，都是一串又一串的代码，它们不仅掌管着我们的日常生活，同时控制着我们的思维和欲望，我们淹没在其中，完全不知道自己是什么。之所以放出那些木马，我觉得自己是在反思。

天涯沦落人和唇唇于冻（同时）：反思？

天涯沦落人：这话怎么说？

戏中人 i：怎么说呢，我还是先给你们说说我的一些情况吧。我家庭条件不错，父母是做生意的，赚了些钱。他们一直希望我能继承他们的生意，所以我读什么专业，毕业后找不找工作以及找什么样的工作他们都无所谓。所以读书的时候，我没有任何压力，全部身心都投入编程的学习中，很快我就获得了不少比赛奖项。

唇唇于冻：你说的这些与反思社会有啥联系呢？

戏中人 i：你先别急，听我把话说完嘛。有一天，我像

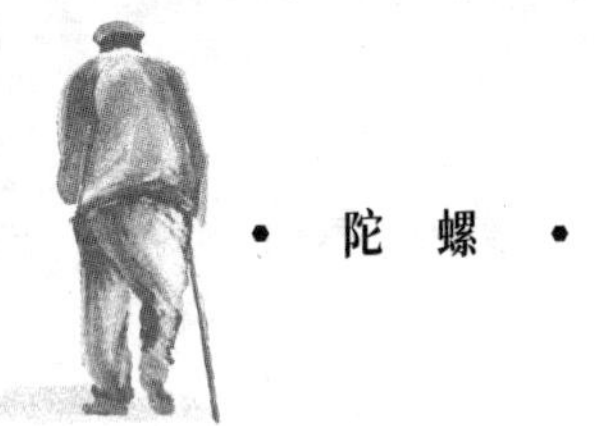

往常一样，利用代码设计了一个新的程序，说实话，那个程序是我设计的程序中最完美的。就在我怀着满足睡去后，我却做了个梦。

天涯沦落人：你的意思是说，你的反思建立在一个梦上？

戏中人 i：算是吧。梦中我发现我可以用代码操控整个世界。刚开始，我很兴奋，不断地按着键盘添加和删除程序。那些我不喜欢的人和事，很快都从我眼前消失了，取而代之的，是我新编的一些程序。然而没过多久，我就发现我的父母也在我的掌控中，我突然有些恐惧，如果我的父母也是代码构成的，那我自己呢？但是就在那时，我不小心按错了键，把我父母也删除了。我很是害怕，马上醒了过来。

唇唇于冻：这好像和你的反思没什么关系吧？

戏中人 i：醒来之后我开始胡思乱想。

天涯沦落人：你都想了些啥？

戏中人 i：我觉得人其实就是代码，我们说的话是代码，我们做的事是代码，我们的各种规章制度是代码，甚至我们吃饭和睡觉也是代码。我们身陷代码之中无处逃离，所以只能制造一些代码告诉别人我们不是代码。

天涯沦落人：这个问题太深奥了，我没听懂。

唇唇于冻：我也没听懂。

天涯沦落人：我倒没觉得自己是代码，我只是觉得工作、买房和结婚这些事再也不是人生的目标了。社会的变化实在太快了，比如那些直播带货的，其实就是售货员，他们的收入高得离谱。

唇唇于冻：直播带货收入是很高，若我是“网红”，我也会去搞直播的。

天涯沦落人：收入再高，他们也只是卖东西的。

唇唇于冻：你不要看不起卖东西的，现在这个社会，卖东西的比生产东西的有价值。

天涯沦落人：如果人人都来搞直播带货，人生还有什么意义呢？

戏中人 i：人生是没有意义的。

唇唇于冻：对，人生是没有意义的。我以前也曾认为人生有意义，不过当我拿着最低的工资干着最累的活的时候，我知道了意义那玩意儿就是扯淡。离开那个企业后，我背着包去了草原旅行，看着蓝天白云下的牧民和牦牛，我突然明白了人生是没有意义的。

戏中人 i：若不是吃饱了没事做，谁都不会把意义挂在嘴上。

天涯沦落人：我不同意你们说的。如果人生没有意义，那我老婆为什么还那么热衷化妆和美容呢？如果人生没有意义，我女儿为什么还一放学就参加各种培训呢？

戏中人 i：她们那是目标，而不是意义。

唇唇于冻：我也觉得那是目标，比如我每天醒来想的第一件事就是三十岁之前挣多少钱，四十岁之前又挣多少钱，这些都是目标而不是意义。

天涯沦落人：在我看来，目标就是意义，它们是差不多的。

戏中人 i：也许人有了目标就会觉得人生有意义，但两者并不一样。

天涯沦落人：那你说说它们哪里不一样？

戏中人 i：目标是看得见的，就像跑一百米，前面有个终点线，而意义是看不见的，你根本就不知道它是个什么东西。

唇唇于冻：想多了意义人会不知道该干吗，倒不如给自己确定一个切合实际的目标更有用。

天涯沦落人：我觉得人生还是要先有意义，然后才去确定目标，一个人若连人生的意义都没有，那他肯定不会有什么目标。

唇唇于冻：我不这样认为，如果你真觉得人生的目标由意义决定，那你为什么会对你老婆和女儿做的那些事迷惑不解？

天涯沦落人：那是我看到了她们的目标，而不理解她们的意义。

戏中人 i：关于意义的问题，我与朋友开了咖啡馆后就不愿再去想了。

天涯沦落人：为什么不愿再想？

唇唇于冻：因为挣钱比想那些东西更重要。

戏中人 i：不是因为挣钱更重要，唉，有些事说出来你们也不会明白。

天涯沦落人：你不说我们怎么能明白。

唇唇于冻：对，你先说出来听听呗。

戏中人 i：有一天我看了一本书，突然感到害怕。

唇唇于冻：难道是恐怖小说？

戏中人 i：不是恐怖小说，而是探讨男女关系的。

天涯沦落人：探讨男女关系的书怎么会让你害怕？

戏中人 i：不是那本书让我害怕，而是那本书让我想到了别的东西。

唇唇于冻：那本书让你想到了啥？

戏中人 i：那本书让我觉得人除了血肉，其他的都不是自己的，包括身体和性别。

唇唇于冻和天涯沦落人（同时，惊讶地）：身体和性别都不是自己的？

戏中人 i：是的。（往前走几步）一颗土豆栽在土里，无论如何都长不成红薯，但是一个男人从小给他灌输不一样的

思想，他完全可能变成一个女人。这也就是说男人和女人的性别并不是固定不变的，当一个社会的思想观念改变时，男人和女人会相互转换。

唇唇于冻：这听起来好像有些道理。之前网上有个男孩，听说他家里人从小就把他当女孩养，结果长大之后他自己不说别人都不知道他是男的。所以父母养小孩还是得多用些心。

天涯沦落人：听你这么说我倒有些担忧。

唇唇于冻：你担忧啥？

天涯沦落人：我担忧我老婆和女儿，她们现在越来越强势，是不是也在往男性的性别上转变。

（唇唇于冻和戏中人 i 都笑了起来。）

唇唇于冻：你怎么什么都往你老婆和女儿身上想？

戏中人 i：是呀，你怎么老往她们身上想，其实自从我当时想多了感到恐惧，我就不愿再去想那些东西了。

天涯沦落人（搔着头皮不好意思地笑了一下）：可能是我把人生的重点都放在她俩身上了，所以老是这样。

唇唇于冻（不屑地撇了撇嘴）：唉，结了婚的人真是没劲。

戏中人 i（哈哈笑了起来）：我倒觉得有意思，老赵脑子里有两套代码，一套是关于他自己的，一套是关于他老婆与女儿的，这两套代码时而分开时而交织在一起，所以他才会那么纠结。

天涯沦落人：你们别再笑我了，（向戏中人i）开了咖啡馆之后，那你都想什么去了？

戏中人i：还能有什么，就是反思先前的想法咯。

唇唇于冻：怎么个反思法？

戏中人i：我觉得人所做的一切都是在剖析自己，不过这并不是什么坏事，就像学医的人，首先要做的就是解剖人的身体。

天涯沦落人：照你这么说，那研究电脑就是在研究人脑了。

唇唇于冻：人脑被研究透了之后，人会不会被电脑取代？

戏中人i：我觉得任何事情都得有个度，如果我们对自己脑子的解剖超过了某个度，那肯定会影响我们自己。

天涯沦落人：你的意思是我们现在应该停下来了？

戏中人i：这我怎么知道。

唇唇于冻：那你想这些有什么用？

戏中人i：没用，所以我才说自己在胡思乱想。

唇唇于冻（若有所思地）：说了这么久，我还是不太明白你放木马出去和反思有什么关系。

戏中人i（摸着头想了一下）：这样吧，我先问你，人

会生病不?

唇唇于冻：这还用说，当然会。

戏中人 i：生病是不是都是坏事呢?

唇唇于冻：生病难不成还是好事?

戏中人 i：对个人也许没好处，但对整个社会来说不是坏事。

唇唇于冻：为什么?

戏中人 i：某种意义上说，是病毒和细菌塑造了现在的世界，它们既促进人类的发展，同时又给人类画出了底线。

唇唇于冻：你这么说我还是不太明白。

天涯沦落人：我也不明白。

戏中人 i：举个简单的例子吧，病毒和细菌对人类的作用，就像疫苗对我们每个人的作用。

唇唇于冻（若有所思地）：嗯，你这么说我好像有些明白了。（随后坐下来思考什么）

天涯沦落人：我还是不明白，这和你的木马有什么关系呢?

戏中人 i：现在的电脑系统越来越像人的大脑系统，只不过它们没有血肉，它们需要木马，就像人类需要病毒和细菌。

天涯沦落人（若有所思地）：哦，我好像也明白了。

戏中人i（坐下来有些迷茫地）：关于你刚才说的意义的问题，其实我也想过。

天涯沦落人：你是怎么想的？

戏中人i：如果电脑与我们的大脑相似，那它有没有自己的意义呢？如果有，那这个意义是外在于电脑还是内在于电脑呢？电脑与人一样，也有自己的目标吗？

唇唇于冻（站起来向着戏中人i）：我突然有个疑问。

戏中人i：什么疑问？

唇唇于冻：既然性别由代码决定，那性是不是也由代码决定？

天涯沦落人（奇怪地）：你怎么会这么想？

唇唇于冻：我不像你俩，一个有老婆一个有女朋友，我还经常得忍受性的煎熬，当王成说性别是由代码决定时，我不知怎么就想到这个问题了。

戏中人i：我不知道，这个问题我没想过。

天涯沦落人：这个我有些不明白，如果性也是代码，那它会是什么样的代码？

戏中人i：如果它是代码，我觉得它应该与编辑其他程序的代码差不多。

唇唇于冻：我不这样认为，性的代码不是二进制的，而是有颜色的，黑色代表狂暴而猛烈，蓝色代表温柔而伤感，

灰色代表持久和平淡，白色代表隐忍和压抑。

天涯沦落人（奇怪地）：你怎么会有这样的想法？

唇唇于冻：我也不知道，反正我就认为它和颜色有关，那种隐藏在脑子深处的颜色。

戏中人 i：这个因人而异吧，有人说人类这个物种已经进入最高级也是最后的时期。如果真是那样的话，那一定也与性有关，物质财富把人类从劳苦中解放出来后，人就把用于生殖的性当成了娱乐，并且还认为理所当然。

天涯沦落人：你和你女朋友不就是这样？

戏中人 i：正因为我们是这样，所以我才深有体会。

唇唇于冻：我不想讨论人类的性的历史，我只想知道性是不是代码。

天涯沦落人（打了个哈欠）：唉，这个问题太高深了，我们还是说点别的吧。

唇唇于冻（有些不高兴地）：你想要说什么？

天涯沦落人：什么都行，只要不是代码。

唇唇于冻：你就这么讨厌代码？

天涯沦落人：不是讨厌，是觉得没意思。

唇唇于冻：那你觉得什么有意思？

天涯沦落人：既然到了男人放空室，我们就应该把平时那些让我们觉得累的东西统统都排出去。

戏中人 i：你想排除什么？

天涯沦落人：我也不知道，平时上班虽说不怎么累，但总是觉得没多少自己的时间，然后回到家里吧，还时不时要与她们母女俩发生争论。尽管我的生活总是被鸡毛蒜皮的事占满，但我老觉得心里空荡荡的。

唇唇于冻：说来说去，你还是说到你老婆和女儿身上去了。

天涯沦落人：是呀，之前我还没有发现这个问题。看来这些年，我已经不知不觉把自己绑在她俩身上了。

戏中人 i：在别人看来，这可能是一种幸福。

唇唇于冻：是呀，我就觉得这样挺幸福的，不像我，心无所依，经常会感到迷茫。

戏中人 i：你也迷茫吗？我怎么没感觉到？

唇唇于冻：我当然也迷茫呀，只是我没像老赵这样说出来。老赵有了老婆和孩子心里都空荡荡的，我这连女朋友都还没有的，心里能不空吗？

戏中人 i：要这样说，谁不感到迷茫呢？我也一样，如果我不迷茫，我就不会看那些乱七八糟的书了，更不会思考人和代码的关系了。

（天涯沦落人和唇唇于冻都有些惊讶地看着戏中人 i。）

天涯沦落人：我还以为你把困扰我们的事都看透了呢。

唇唇于冻：对，我也以为你看透了。

戏中人 i：笑话，这些事有谁真看得透？许多时候，我都是一边在电脑上工作一边胡思乱想。你们说，我和我女朋友的关系算什么？我们的未来又在哪里呢？（不屑又自嘲地）呵呵，有些东西是不能想的，只要一想，我脑子里就会出现梵高的《星空》。

天涯沦落人：原来我们都那么迷茫。

唇唇于冻：既然如此，我们应该想办法解决。

戏中人 i：怎么解决？人一生所追求的不过是想象中的幸福，我们最终都得面对现实。

唇唇于冻：那我们该怎么办？

天涯沦落人：是呀，我们该怎么办？

戏中人 i：还能怎么办，发现他人与你同样迷茫，这对你来说也是一种安慰了。

（一时间，三个人都若有所思，不再说话。后面墙壁上的灯光变亮，色彩看上去比之前更鲜艳，音乐声由轻到重。）

（过了一会儿。）

天涯沦落人：其实我们没必要想那么多。我们之所以会觉得迷茫，主要还是因为社会发展太快了，我们还没跟上它的节奏。

唇唇于冻：我们的迷茫与社会的发展有什么关系？说实

话，我很少关注这种人类学家才关心的事。

戏中人 i：老赵说得没错，不管你关注不关注，社会的发展对我们确实影响很大。

唇唇于冻：社会的发展确实对我们影响很大，这个我承认，但我们的迷茫完全是因为我们自己。

戏中人 i：社会的发展最终都会落到我们每个人身上，譬如我们的物质分配和社会地位的变化。

唇唇于冻：我觉得这样说下去很快就会说到我学的专业上去了，我讨厌那个专业。

戏中人 i：既然这样，那我还是给你们讲一件发生在我身边的事吧。

天涯沦落人：与我们讨论的话题相关吗？

戏中人 i：相不相关看你们怎么想了。

唇唇于冻：好吧，那你说吧。

戏中人 i：之前有空的时候，我女朋友经常带着我和别人一起出去玩。虽然我有"社恐"，但是为了她，我还是去了。她和那些人关系很好，在一起无话不谈。他们当中有一个女孩，不仅剪着男生一样的平头，身上还纹了一把倚天剑和一把屠龙刀。熟悉之后，那女孩告诉我她是个跨性别者。她说她虽然长了一副女人的身体，但她的灵魂是个男人，她自己也不知道为什么，这给她带来了很大的困扰。

唇唇于冻：现在不是可以做变性手术吗？大多数跨性别者都这么做的。

戏中人 i：这事说起来容易，做起来难。女人做变性手术在跨性别者圈子里的认同感很低，因为喜欢她的人喜欢她是个女人，而不是喜欢她是个男人，所以有一阵她觉得特别绝望。

天涯沦落人：后来呢？

戏中人 i：后来她加入了一个团体，那里面全是她那样的人。在那些人的帮助下，她知道了很多与跨性别者相关的信息，这让她不仅走出了先前的困惑，同时生活也变得阳光起来。

唇唇于冻：那她去做变性手术没有？

戏中人 i：没有，她已不在乎自己的身体是男性还是女性了。

天涯沦落人：这件事与我们先前讨论的话题好像没什么关系。

戏中人 i：没有关系吗？我觉得社会的发展早就揭示了性别的代码，但现实生活中却没有跨性别者的位置。

唇唇于冻：那你想要通过这件事说明什么问题？

戏中人 i：我举这个例子只是想要说明，社会发展得太快，而我们却还没来得及认真思考我们自己，跨性别者只是我们自身存在的现象之一。

天涯沦落人：我是个保守的人，我觉得性别问题还是维持现状好。如果我女儿像你说的那个人那样，那我是无论如何也不能接受的。

戏中人i：那你多半是歧视跨性别者的。

天涯沦落人：别往我头上扣帽子！还好这里只有我们三个人，如果有跨性别者在，他肯定会恨我甚至攻击我的。

唇唇于冻：我也觉得这样的问题还是少说为好，万一不小心说错了话，容易惹麻烦。

戏中人i：如果总是怕说起他们，总是觉得他们容易生气，那不也是对他们有偏见的表现吗？如果我们真把他们看成与其他人一样，我们想都不会往那方面想的，难道不是这样吗？

天涯沦落人：你说得没错，不仅是我，我们这个社会绝大多数人对他们都带有偏见，（低下头）唉，照这么说，这还真是我们的发展没跟上社会发展的原因。只是我还是想不明白，人类这样发展下去，究竟要发展成什么样子呢？

戏中人i：这个问题没人能明白，它跟人活着的意义一样，是无解的。

唇唇于冻：我觉得人类根本就没有什么发展方向，是欲望推动着我们成为今天的样子。

天涯沦落人：欲望既可以成就我们，也可以毁了我们。

戏中人 i：这个谁也没办法，欲望也许就是人类社会的源代码。

唇唇于冻：照现在的情形看，人类跟着欲望走也不是什么坏事，至少我们还在向前发展。

天涯沦落人：唉，不知为什么，这些年来，我总是有一种莫名其妙的悲观感，我想我可能需要心理疏导了。

戏中人 i：这与你的年龄有关吧。人到了一定年龄后，身体开始走下坡路，思想自然也会随着变化。

天涯沦落人：不管这与我的年龄有没有关系，我都觉得我需要找人做一下心理疏导。

戏中人 i：我觉得用不着，这不是什么大事。

唇唇于冻：我也觉得用不着，那些不靠谱的心理医生，经常没事给你整出一堆事来，我觉得你还是自己锻炼调节一下好了。

天涯沦落人（自嘲地笑了一下）：看来我应该像我们小区里的那些大爷大妈，每天早上起来打打太极拳、跳跳广场舞啥的。

唇唇于冻：我可没让你像那些老年人那样跳广场舞，不过找心理医生真没必要，之前我在一个摄影群里待过一阵，他们有人谈到过这个问题。

天涯沦落人：他们都说了些啥？

唇唇于冻：那个群里的人大多数都不打算结婚，更不用说生孩子了。不过他们并不单着，都和室友住在一起。

天涯沦落人：和室友住在一起？什么意思？

戏中人 i：室友是指两个人的关系在朋友之上而又恋人未满，这在当今的某些群体中很流行。

天涯沦落人：然后呢？你快接着说。

唇唇于冻：他们当中有个叫大海的，父母不仅老是催婚，还经常说一些话刺激他。他不想听那些话，没事就往外面跑。他父母都是很传统的人，觉得他那样肯定是思想出问题了，于是逼着他去看心理医生。结果到了心理医生那里，他被诊断出了双相情感障碍。他和他父母有些拿不准，便又去找别的医生，结果又被诊断出了广泛性焦虑障碍。到了第三个心理医生那里，他又被诊断出了强迫性人格障碍。这下他以为自己真有心理问题，结果患上了抑郁症。

天涯沦落人：这个确实有些扯淡，那他现在怎么样了？

唇唇于冻：还好他经常跟群里的朋友一起出去玩，并且与一个女孩成了室友，他的抑郁症就慢慢好了。当然，他的父母也不再在他面前说先前的那些话了。

天涯沦落人：听你这么说，那我将来一定不要逼我女儿结婚了。

戏中人 i：如果你老婆逼她呢？

天涯沦落人：我觉得她不会。如果她真要逼的话，我就把小李的话说给她听。

唇唇于冻：这个没问题，就是让我当面说给嫂子听也可以。

天涯沦落人：唉，难怪放开了二孩后出生率还是不高，原来是因为有那么多人不愿意结婚。

戏中人 i：是呀，我不就是其中之一吗，虽然是被动的，但我确实不打算结婚了。

唇唇于冻：如果某一天你和现在的女朋友分手了呢？

戏中人 i：我可能连女朋友都不会再找了，感觉太累了。

天涯沦落人：你这是给现在的女朋友折腾得，换个人就不一样了。

唇唇于冻：那可不一定，你结了婚感觉很好吗？

天涯沦落人：嗯，就那样吧。

戏中人 i：那你怎么还劝别人结婚？

天涯沦落人：如果你们都不结婚了，种族还如何繁衍？

戏中人 i：种族繁衍的事就不用你操心了，你不结婚总会有人结婚，何况地球上的人口早就过剩了。

唇唇于冻：我可没说我不结婚，我结了婚还想生两个呢，一儿一女。

戏中人 i：怎么样，我没说错吧。

唇唇于冻：虽然我想结婚，但现在的人都生活在自己的世界里，恋爱还行，结婚实在太难了，我想结也结不了呀。

天涯沦落人：时代确实不一样了，如果我当年像你们这样，我的父母会追着我打三条街。

戏中人 i：将来你的女儿会跟我们一样，不仅在恋爱结婚上会遇到困惑，别的方面也一样。

天涯沦落人：你怎么知道她会这样？

戏中人 i：我也不知道为什么会知道，但事实就是这样。

（三个人都不知道再说什么，舞台上又沉默了，只是此时没有音乐。）

（过了一会儿。）

天涯沦落人：算了，我们今天聊的话题都太沉重了，还是说点别的吧。

唇唇于冻：别的有什么可说的？

天涯沦落人：比如……周边有什么好耍的，周末约朋友去哪里玩等。

唇唇于冻：我倒是知道一些地方，不过现在没有心思去玩了。

戏中人 i：我不喜欢出去玩，尤其与很多人一起那种，我给你们说过的，我有很严重的“社恐”。

唇唇于冻：也许多与人出去玩几次，你的“社恐”就好了。

天涯沦落人：对呀，你应该与其他人一样，该一起吃的时候一起吃，该一起喝的时候一起喝。

戏中人 i：如果我像他们一样，那我今天就不会在这里聊天了。

（三个人一时又不知说什么好。）

（过了一会儿。）

天涯沦落人：其实有时我也想像旁边的人那样，不去想这些事，但是我做不到，每次麻将打到一半，我的心里就会像丢了东西一样难受。

戏中人 i：我也一样，有些事想得越清楚越觉得自己离这个世界很远。

唇唇于冻：其实我们三个人都一样，喜欢想这些乱七八糟的东西，而不是喜欢吃喝玩乐。

天涯沦落人：是呀，我们三个人在这里聊天不是没有原因的。

唇唇于冻：不过我还是有个疑问。

戏中人 i：什么疑问？

唇唇于冻：你说我们聊这些东西到底有没有意义呢？

天涯沦落人：这个看你自己吧，只要你自己觉得它有意义，那它就有意义。当今这个社会，谁如果老是把“杨柳岸晓风残月”挂在嘴边那才是个笑话，但是在古代，那确实是很有意义的事。有些时候，我倒是挺怀念那个时代的。

戏中人 i：现代人的孤独与那个时代不一样了，就算我们拥挤在人群中间，依然会被孤独包围。我倒觉得那个时代比现在更有诗意。

唇唇于泝：我不喜欢孤独，就算充满诗意的孤独，我也不喜欢。

天涯沦落人：算了，我们不要再说这些了，再说下去我可能真的要看心理医生了。

戏中人 i：我不这样认为，我觉得说出来了心里会更舒服。

唇唇于泝：我也觉得说出来没什么，和你们聊天之后，我倒是想通了许多东西。

天涯沦落人：你都想通了些啥？

唇唇于泝：我想通了其实每个人都生活在自己的世界里，如果女人明白了男人是怎么看待她们的，而男人也明白了女人是怎么看待自己的，那世界上所有的婚姻都将无法维持。

天涯沦落人：你怎么会有这种想法？

唇唇于泝：我也不知道为什么。

戏中人 i：我觉得不仅是男人和女人，就算一个人知道了自己的全部想法，可能也会发疯。

天涯沦落人（转过身看了看后面的墙壁）：这里是男人放空室，我们这样算放空了吗？

唇唇于冻：我觉得没有，哈哈，我们其实应该做做瑜伽、打打坐啥的。

涯沦落人：瑜伽不是女人做的吗？

戏中人 i：男人也可以做。

天涯沦落人：那我们就来做瑜伽吧。

唇唇于冻：来吧，反正又不是真做，谁怕谁。

（瑜伽音乐响起，三个人面朝后面墙壁上的大海做起了瑜伽。）

天涯沦落人：下一次我们还会探讨人生的意义吗？

戏中人 i：不知道。

唇唇于冻：我无所谓，反正探讨也探讨不出什么东西来。

（三个人继续做瑜伽，灯光渐暗，音乐变大。）

——落幕 • 全剧终。

陀　螺

TUOLUO

人 物

赵乾亮——男，六十多岁，早先一直在家乡干木匠活。后来做家具的少了，他进了城里搞装修。在城里买了房子后，他把老婆接到了城里和自己一起搞装修。前些年，老伴生病去世，他一个人回了乡下。尽管老家搞了开发，不再像原来那样贫穷和落后，但儿子一家都在城里，他仍觉得有些孤独。每当心里有事时，他就向身边的陀螺诉说。

第一幕

时间——六月的一天，午饭过后。

地点——赵乾亮家房门前院坝里。

赵家的房子虽是之前的老房子，但在政府的资助下翻新了，不仅房顶的青瓦变成了琉璃瓦，墙壁也由之前的石板换成了砖头，且上了粉水涂了白灰，看上去跟新修的房子差不多。房子一共四间，四川农村早年常见的三间一转阁。最左边一间带转阁的是厨房，向右依次是卧室、堂屋、卧室。最右边的卧室没人住，现在是堆放杂物的地方。堂屋向后凹进去一块，形成了一个檐窝（四川专门的堂屋屋檐）。檐窝后面就是堂屋大门，正对着观众席。院坝里是新浇的水泥地面，颜色看上去有些发青。堂屋大门开着，里面隐约能看到一张发黑的旧八仙桌，桌子周围有四张长条凳。院坝里有两把椅子。椅子正对着观众席，成八字形摆放着，彼此间相隔两三米的样子。旁边角落里放着两把扫帚，一把是毛竹做的大扫帚，倒立放着；另一把是高粱毛做的小扫帚，正立放着。

（陀螺转动的声音，夹杂着鞭子抽打陀螺的声音，灯光渐亮。赵乾亮站在院坝里打陀螺。陀螺很大，是那种 15 斤

重的，转起来闪着五彩的光。赵乾亮穿着老年人的运动套装，衣服和鞋看上去都比较新。赵乾亮扬起手臂在台上打陀螺，时间可持续一会儿。陀螺的声音渐渐变小。）

赵乾亮：陀螺，你听到魏母猪家的狗叫没有？魏母猪人那么怪，她养的那条狗竟然那么乖。

（弯下腰打了一下陀螺）哼，不过就是条狗，有啥了不起的。虽然你不是狗，晒坝的人还是喜欢你。那个每天跟我一起打陀螺的三老头，就是头发白了一半的那个，他老是问我你是从哪里买来的。看他那样子，肯定也想去买一个。嘿嘿，我才不给他说，如果他也去买一个回来，那你就不是最厉害的了。

（看着陀螺双手叉腰）他们的陀螺都是木头的，如果不抽鞭子，只能转 3 分钟。哪像你，是不锈钢的，不抽鞭子也可以转 10 分钟。

（举起鞭子又抽了一下）其实给三老头说了他也买不到，他根本就不懂网购。再说我也不知道你是从哪里买来的，因为我也不懂网购。你是前年我的生日，建娃子从网上买来送给我的。

（举起鞭子走来走去打了几下陀螺。）

赵乾亮：你见过魏母猪养的那条狗的，一尺多长，花白色。

（看着陀螺）什么是花白色？花白色就是狗的身体是白色的，只脸上和背上有几块黑斑。有人说它是吉娃娃，小是小，但很聪明。又有人说它不是吉娃娃，而是一条串串。

（兀自笑起来）嘿嘿，陀螺，你知道什么是串串吗？串串就是杂种的意思，意思是那条狗是吉娃娃与别的品种杂交生的。

（打了一下陀螺）我不晓得啥是吉娃娃，所以根本不关心这些事。不管它是吉娃娃还是串串，只要讨人喜欢就够了。

（朝舞台前面走了几步，面向观众。）

赵乾亮：那条狗确实讨人喜欢，一点都不像魏母猪那么让人厌烦。就连我这种不喜欢狗的人，看见它都忍不住想摸两下。

（转过头对着陀螺）你知道不，它的名字叫妞妞。只要你一叫妞妞，它马上就跑过来冲你摇尾巴。无论是认识的人还是不认识的人，它都这样。如果你说，妞妞，来我们握手，握左手，它就会把左边的脚伸出来。如果你说握右手，它又会把右边的脚伸出来。它分得清左右呢。我还从来没见过分得清左右的狗。

（转过头面朝观众）如果你在吃东西，它也想吃了，它

就会用两条后腿站起来向你做恭喜。它还会演戏，如果你把手比成枪，朝着它开一枪，它马上就装着受伤的样子惨叫着倒在地上，就像真的中枪了一样。唉，这么聪明的狗，我还是第一次见到呢。我就想不明白，魏母猪那样的人，怎么就养了这么乖的一条狗呢。

（走回去抽打了几下陀螺。）

赵乾亮：刚才从张大六家经过时，魏母猪站在门口叫我，说有事要给我说。我要忙自己的事，没有理她。

（看着陀螺摇了摇头）你晓得魏母猪有多讨人厌不？她跟张大六前面那个老婆一样，老是喜欢背后说人是非。而且她还特别小气，你就是捡了她家竹林里的一片笋壳，她都会骂骂咧咧的。

（拿起鞭子打了一下陀螺）之前翻修这个房子的时候，我去她家借斧头，你听她咋说呢，这斧头可是我从高坪那边带到张家来的，已经跟了我几十年了，敲打东西可以，砍木头可万万不行。我一听就来气了。若不是早些年搬去了城里，谁家还没个斧头呢。我没要她的斧头，转过身去了王老四家借。人家王老四什么话都没说，伸手就把斧头递给了我。

（转过身面向观众席）别人都说远亲不如近邻，我看未必，就魏母猪那样的邻居，还不如没有呢。

（转过身对着陀螺）那女人脾气暴躁，别说我不敢惹，就是张大六都得处处让着她。要知道张大六可不是吃素的，他之前那个老婆也是嘴巴多，经常被他打得告饶。但魏母猪不怕张大六，张大六狠魏母猪更狠，若张大六敢动手，魏母猪就要点火烧房子。她那样闹了几次，张大六就被收拾得服服帖帖的了。

（回过头对观众席）唉，这样的女人，送给我我都不会要。她叫我过去，又怎么会有好事给我说呢？

（走来走去打了一会儿陀螺。）

赵乾亮：陀螺，你知道张大六为啥要娶魏母猪不？

（自己先笑了起来）这事说起来有点搞笑呢。魏母猪之前在高坪那边开凉粉店，听人说生意好得很。但是招了上门女婿后，店里基本上就是她女儿和女婿在负责了。张大六就是那个时候去高坪吃凉粉时认识她的。那会儿，张大六老婆已死了有几年了。他本来是去高坪那边买猪崽，别人都说高坪的猪崽要比我们这边便宜。然而他问了一下，跟我们这边差不多。他有些不高兴，准备吃点东西就回来。高坪的饭和面都不便宜，他决定吃碗凉粉。不想刚进凉粉店，他就看见魏母猪在和她女儿吵架。

（面向观众席）唉，你们不晓得，魏母猪个性强，她女

儿从小到大一直被她压制着。结婚之后，有了女婿撑腰，她女儿慢慢刚了起来。只要不高兴了，她女儿就会和她吵。

（转过头去）谁家都有个家长里短，张大六也没太在意。然而那天魏母猪被她女儿气到了，端凉粉过来的时候还在撩起围裙揩眼泪。张大六不知怎么的，一下竟想起了自己的老婆。

（抽打了一下陀螺）儿子和儿媳妇在重庆那边安了家，张大六一个人在家过日子。得知魏母猪很早之前就死了老公，于是回家后他就找了人去说媒。魏母猪正在和女儿、女婿生气，想都没想就答应了。

（摇了一下头）结婚没多久张大六就后悔了。魏母猪得势不饶人，只要一不高兴就要骂张大六。张大六去她家店里吃凉粉的事，也是她在晒坝跳坝坝舞的时候说出来的。唉，女人都管不住嘴，在一起总是说这些事。

（停下来抽打了一会儿陀螺。）

赵乾亮：你知道大家为什么叫她魏母猪不？唉，不知道的，还以为大家讨厌她，故意在骂她呢。其实不是这样的。

（笑了一下）她的名字叫魏木芝，这个名字大家叫起来都觉得拗口，因此叫着叫着就叫成了魏母猪。渐渐地，魏木芝这个名字就没人再叫了。

（笑了一下）虽然她晓得别人背后都叫她魏母猪，不过她并没有生气。她说名字反正就是用来叫的，怎么叫都无所谓。这一点，她倒是比别的人看得开。换作是我，别人这样叫我肯定会生气的。

（转过头望着旁边。）

赵乾亮：话说回来，虽然别人不喜欢魏母猪，不过她对张大六确实不错。嫁过来后，她不仅把屋里收拾得干干净净的，还把张大六的生活照顾得很好。张大六说，自从结婚后，他已经重了五六斤。按他的话说，他只管去外面干活，家里的事一概不管。

（忽然有些落寞地叹了一口气）唉，陀螺，虽然我不喜欢魏母猪那样的女人，但是，身边有个女人总不是坏事，至少那样，我不用成天对着你说话。虽然我说什么你都不会厌烦，但是我说什么你也不会回答。若是孟慧兰还在，就不会这样了。

（拿起鞭子抽了一下陀螺）再说我还不算老，如果孟慧兰还在，我也会像张大六那样每天出去做事。现在到处都搞乡村振兴，这周围到处都能找到事做。要是在以前，这是想都不敢想的。

（鞭子拿在手上若有所思）要是家里没个人，做完事回

来冷锅冷灶的，自己都觉得没意思。再说如果让建娃子知道了，他肯定会不高兴。当初他愿意让我回来，就是听我说想回乡下养老。知道了我一个人还出去干活，他肯定又会把我接回城里。

（叹了口气）城里虽然做什么都方便，但我还是喜欢待在这里。待在这里，只要一出门我就能想起从前的事。只有想起那些事，我心里才不会那么空。

（停下来打了一会儿陀螺。）

赵乾亮：陀螺，你肯定没想到我们这里也会搞开发吧？反正我是没想到。

（转过头看了一下旁边）有人说魏母猪嫁给张大六，就是看中了我们这里在搞新农村建设。这话我不太相信，你说她是小姑娘图婆家条件，那还说得过去，人家魏母猪也是五六十岁的人了，而且高坪街上还有凉粉店，哪里会因为这个原因嫁过来。

（打了一下陀螺）依我看，她主要还是看张大六人不错。少时夫妻老来伴，我们这个年龄的人，哪里还会再看重别的东西。

（向观众席望了望）不过新农村建设确实不错，我们这里建设好之后，除了医院不如城里，别的都跟城里差不多。

而且我们这里还有城里没有的东西，比如葡萄园、橘树林、玫瑰田和草莓地，这些东西，城里哪看得到。而且乡下的空气更新鲜，自来水也更清亮，不然建娃子怎么会让我一个人回来呢。

（走过去望向前面某个地方。）

赵乾亮：晒坝里每天都有人耍。那些人跟我一样，没读过什么书，但他们偏偏喜欢在一起议论国家大事。没事的时候，我也坐在旁边听。虽然我也不懂那些大道理，但我知道他们都在瞎扯。听完之后，跟没听一样。

（回转身来到陀螺旁边）虽然他们经常争论这些不着边际的事，不过我还是喜欢去晒坝耍。农民的收入提高后，农村和城市已经没什么差别了。我年轻的时候，哪里敢想这样的好事呢。那个时候，做梦都是想的怎么样挣钱去城里生活。城里不仅人多，街上还有各种各样的商场和店铺，几乎什么东西都能买到。

（望了一下先前望的地方）那个时候的农村，除了种地就只有做手艺。就像我，农忙时在家里种地，农闲了才出去做木工活，日子虽然能过，但是和城里人相比还是有很大差距。也正因为如此，我后来才去了城里搞装修。现在想来，那个时候的农村确实太苦了。

（停下来打了几下陀螺，然后又过去望着先前望的地方。）

赵乾亮：每天傍晚，晒坝里都有很多人。晒坝之前是晒东西的地方，现在成了村里的活动中心。不仅原来的石板地面变成了水泥地面，周围还安了好多可以运动的器械。村里人没见过世面，见了那些东西就像见了西洋镜一样，有事没事都要去耍一下。我不喜欢那些东西，真想运动了，我还是喜欢打陀螺。

（回到陀螺旁边）现在的人也不再像原来，每天都在地里忙个不停，现在退耕还林了，地比原来少了许多，加上又搞了开发，农活也比原来少了很多，每天傍晚吃了饭没事，大家都会去晒坝里耍。

（有些不高兴地）唉，只是跟城里一样，活动中心也是女人的天下。每天晚上一吃过晚饭，魏母猪她们就会把台子旁边的那块空地占了。看她们的样子，好像跳坝坝舞是国家法律规定的一样。我们打陀螺的，就只能去旁边的空地。

（看了一下陀螺）还好我们也不挑地方，只要能打就行。再说男人哪好意思和女人争，说出去会被别人笑。

（停下来抽打陀螺。）

赵乾亮：现在没那么多农活了，不仅傍晚，就是下午晒坝里也有不少人。那里开了个茶馆，每天下午都有人去打长牌。

（嘿嘿笑了一下）有时候没事，我也会去打几轮。长牌不仅比麻将有意思，而且也没什么输赢。真要输赢大了，我就不玩了。

（打了一下陀螺）其实年轻的时候，我很喜欢赌牌，只要有人叫打麻将，再忙我都会丢下手上的活过去。而且我还分不清轻重，有时一次会输掉半个月的工资。为此，我老婆那一阵总是提防着我。只要我不干活，她就跟着我。

（把手叉在腰上）有那么一阵，我很讨厌我老婆。然而现在想起来，如果不是她那么管着我，我们根本没钱去城里买房子。

（走到前面望着先前望的地方。）

赵乾亮：你看到晒坝那边的房子没有？因为搞开发，国家投入了许多钱。那些拆掉老房子的人，都去晒坝那边修了新房子，国家每家补助两万呢。

（回过头看着自家的房子）像我们这种翻修的，每家补助六千。因为国家的补助，之前那些犹豫要不要回来的，现在都回来了。虽然大多是我这种年纪的，不过村里确实热闹多了。

（抽打了一下陀螺）前些年，村里几乎没什么人了。我带着建娃子他们回来祭我父母的时候，村子里连狗都看不到。因为没人走，上山的路都被杂草掩盖了，我们不得不自己开一条路去我父母的坟地。

（停下来抽打陀螺。）

赵乾亮（看向观众席）：你看，现在完全不一样了，农村也可以变得这么漂亮。别人都说，金窝银窝比不了自己的狗窝。像我这样在城里住了好些年的人都想回来，何况那些本来就住在这里的人。

（回过身朝陀螺走去）那些跑外面的，也都不想再出去了。外面的工资是要高一些，但跑来跑去，多挣那点钱都塞了车轮子里不说，还一年半载回不了家。在家里干活，最大的好处是可以照看家里。

（叉腰望着旁边）之前我们这里与别的地方一样，到处是空巢老人和留守儿童。听三老头说，镇上还专门组织人慰问过他们。三老头不懂啥是空巢老人，看见镇上的人提着东西来看他他还不高兴，说你们这是干吗，我又不是五保户。就算那些人给他解释了，他也不买账，把那些人拿来的米和油都扔了出去。前些天说起这事，三老头自己都忍不住笑。

（若有所思地来回走了一会儿。）

赵乾亮：其实三老头那么做很正常，如果是我，我也会把那些东西扔出去的。又不是儿女不孝顺，他们那么做搞得儿女好像都成了白眼狼一样。

（叹了口气）现在的年轻人压力大，确实只有过年过节才能回来。不过话说回来，我们又不是老得躺在床上吃饭都要人喂，干吗非得要儿女成天守着？只要他们过年能回来，大家开开心心一起过个年，那就够了。

（背着手走了几步）就算过年也不能回来，那也不是啥大不了的事，不是有电话嘛，随时都可以打视频通话。村子里不懂视频通话的，也只有李三婆那几个没读过书的人了。

（望向先前的地方）如果就在附近做事，隔三岔五回来一趟也还行。但如果跑外面，钱都浪费在车轮子上，谁都会心疼的。再说年轻人就应该趁年轻多挣点钱，等到老了，想挣也挣不了。

（拿起鞭子抽打陀螺，一边抽打一边说。）

赵乾亮：要说跑外面最不好的地方，就是照看不了娃娃。我们这个样子的，自己照顾自己完全没问题，但娃娃就不一样了，始终要自己的父母管着才好。现在的娃娃都喜欢玩手机，什么不好学什么，爷爷奶奶想管也管不了。

（停止抽打望着旁边）就拿刘宝国的孙女儿来说吧，才十六岁，还在读中学，就因为每天上网谈恋爱，书不读了不说，还偷偷地跟着人跑了。刘宝国吓到了，赶紧把儿子和儿媳妇叫了回来。报了派出所之后，人倒是找回来了，但那女娃娃再没心思读书。刘宝国的儿子和儿媳妇没办法，只得带了她一起出去打工。

（叹着气摇了摇头）听说那女娃娃成绩不错，老师说认真点可以上一个不错的大学。如果刘宝国的儿子和儿媳妇就在周围做事，那女娃娃绝对不会那么小就谈恋爱的。

（继续抽打陀螺）因此这里搞了开发之后，好多跑外面的都回来了。娃娃的事是大事，只有他们上了大学，父母才可以放心。

（觉得有些累，赵乾亮在旁边的椅子上坐了下来。陀螺独自转着，发出五颜六色的光。）

赵乾亮（扶着椅子扶手，望着观众席）：这几年农村确实不一样了，一到过年，对面马路上就塞车。那些稍微有点钱的，都买了车了。

（站起来，往前走了几步）前两年，建娃子也买了一辆车。我其实不太赞同他买车的，那东西除了烧钱，没别的用处，但建娃子一定要买，说有了车走哪里都方便，就算我在老家有什么问题，他也可以随时回来。我一天能吃能睡的，会有什么问题，为此我还骂了他几句。不过他真的很想买车，我也没再说啥。村里跟他差不多大的几乎都买了车，就他不买面子上过不去。

（往前再走了两步，放低了声音）虽然有点爱面子，但建娃子其实不是个贪图享受的人，不上班的时候，他会开着车出去载人，顺便挣点油钱。虽然他不让我对别人说，但这不是啥丢人的事。如果是我，我也会这样。

（抬起头往四周望了望）过年的时候，有车的都把车开回来了。虽然马路修宽了，还铺了沥青，但是车实在是太多了，仍然堵得很。那个时候你出门去看，才晓得这些年村里的人挣了多少钱。这要是在我们年轻的时候，想都不敢想。那个时候别说汽车，就是拖拉机都见不到多的。

（陀螺转得慢了下来，他看了一下，转过身又拿起鞭子抽打。）

赵乾亮（边抽打边说）：其实自从搞了开发，就算不过年，马路上的车也跑个不停。

（举起手边说边比画）你看哈，每年刚过年，拉花的车就过来了。玫瑰田里的那些花，据说都卖到省城去了。别看都是五颜六色的，最贵的却是黑色的，据说要好几十块钱

一支。省城的人真是怪，居然喜欢黑色的花。黑色的有啥好看？放在屋里一点都不喜庆。（摇了摇头）但是他们就是喜欢，那有什么办法。生意最好那几天，魏母猪她们也会过去帮忙，剪枝和包扎，两百多块钱一天。不过也只有那几天，平时都一百多块钱一天。

（望向观众席）玫瑰田忙完，就该忙草莓地了。最好的草莓，也是摘了卖去省城。那东西容易坏，采摘之后得马上拉走，比玫瑰花还急。最忙的时候，我也去帮了几天忙。因为我去得早回来得晚，你猜他们给了我多少钱一天？三百呢，之前在城里做装修，我也才挣两百多一天，没想到摘草莓能挣这么高的工资。

（转过去打了一下陀螺）那些品相一般的草莓，就等城里人来玩耍的时候采摘。有时候，村子周围的人也会过来摘草莓。大多是带小孩来，要不就是那些谈恋爱的。

（抬起头望向观众席）草莓吃完没多久，葡萄园的葡萄就熟了。那些葡萄都是特殊品种，表面看是葡萄，吃起来却像提子。葡萄园里都建了农家乐，不仅可以吃葡萄，还可以吃柴火鸡。吃完之后，葡萄和鸡都可以买回去送人。

（低下头打了一下陀螺）到了下半年，橘子林的丑橘子也熟了。

唉，现在的人日子好过了，休息的时候都只想着怎么耍。

所以呀，对面马路上的车从来就没断过。

（停下来，不想再打了。）

赵乾亮：唉，今天差不多了，打得有点累了。人老咯，无论如何都比不得年轻的时候了。如果我还年轻，这样打你一天都没问题。

（停下来若有所思地）陀螺，我给你说了这么多，你看出我们这里的变化没有？不晓得为啥子，有时候我又在想，虽然周围的变化很大，但有些东西其实是没有变的，比如说对面的山、前面的小河，还有旁边那些住了几十年的人。

（过去坐在椅子上）在城里，不晓得为啥子，我老是梦见这里。有时候，半夜里说梦话我都说的是这里。我经常说，孟慧兰，快起来赶野兔子，它们在屋后面的自留地里吃萝卜了。那会儿孟慧兰还没生病，她把我喊醒说，赵乾亮，你咋又说梦话了？我们住在三楼，哪里来的自留地？

（自嘲地笑了一下）我一直都晓得自己会说梦话，有一次我藏了私房钱在床垫下面，后来想用找不到，就问孟慧兰，结果她说我晚上说梦话说出来，她把钱拿走了。

（望了一下观众席）我就给孟慧兰说，每次我梦见在老家，这里都还没搞开发，周围全是庄稼地，我们喜欢在自留地种萝卜，野兔子老是来吃。她就说我日有所思，夜有所梦，

肯定是白天想多了。我说我没想，我一天到处忙着干活，哪有时间想这些。她就没再说啥，翻过身睡了。

（叹了口气）陀螺，我给你说，我当时确实没时间想这些，我也不晓得为啥子老是做那样的梦。

（站起来回过头看着自己家的房子。）

赵乾亮：其实住在城里的时候，我一直都觉得只有这里才是我的家。城里的房子虽然值钱，但在我看来也就是个吃饭和睡觉的地方。只有这里，才真正有家的感觉。

（看着陀螺）你问我为什么会有这种感觉？（摇了摇头）我也不知道，反正就是有这种感觉。这房子是我老汉修的，那时候我才十多岁。当时这周围全是石谷子，我老汉就那样一担一担地把屋基挑了出来。那会儿大家都没钱，修房子都是找人换活。还好我老汉是木匠，不愁找不到人换活。

（手背在身后往舞台前面走）我老汉是个有计划的人，还没开始挖屋基之前，他就开始准备木头和石头了。我老汉很能干，为了省钱，一有空他就自己去石场里起石头。起好之后，再请人抬回来放在老房子前面的核桃树下。我家那时候有一间老房子，土改的时候分的，又窄又小，打个转都嫌挤。所以我老汉说，就算砸锅卖铁，他也要把房子修起来。修房子可不是那么简单的事。在动手修之前，我们还先烧了一窑瓦。那个活我老汉不会，都是请专门的瓦匠来做的。

（已到舞台前面，又背着手往左走）即便过了这么多年，我仍然记得当时的情形。我老汉先是和人一起下基脚石，下好之后，他就和他师弟，也就是我的师叔一起做穿头架子。不像现在修房子都用砖头和预制板，那时候修房子都是穿头架子。中柱和大梁架好后，就表示房子的框架完成了，接下来就是挂红放鞭炮。那时候我还不会干木匠活，于是挂红的时候，我就去拿了鞭炮来放。

（回到陀螺旁边）房子修好没多久，我们就搬了过来。那之后，我们在这里一住就是几十年。即便现在把墙壁都换成了砖头，但框架仍是先前的框架，中柱和大梁都没有换。尽管我只是放了一下鞭炮，但是那种感觉仍像亲自参与了修建一样。陀螺，这里之所以是我的家，全是因为我忘不了这些事呀。

（叹了口气）人老了，没事总是喜欢想这些事。

（转过身走到舞台前面。）

赵乾亮：唉，陀螺，尽管搞了开发之后各方面都变好了，但是不知为什么，许多时候我还是更怀念从前的样子。虽然那个时候挣不到什么钱，而且种庄稼也很累人，但我却觉得那时候的生活更实在。

（停下来若有所思）我知道这样想不对，人都是应该往高处走的，但我就是忍不住要这样想。一直以来，我都觉得只有地里长出庄稼，生活才是充实的，这也是我不住城里而要回这里来的原因。

（望着晒坝的方向）住在城里的时候，粮食、蔬菜、肉，都是从市场上买。不晓得为啥，我总觉得那样的生活不踏实。可能是当了几十年农民，习惯了粮食和蔬菜都自己种吧。所以回来之后，我又种了些地。虽然路有点远，而且都是葡萄园和玫瑰田不要的地，但我还是种了。不仅如此，我还养了几只鸡。养鸡好呢，每天捡蛋的时候，我都会想起从前那些日子。建娃子怕我累到，回来时不让我种。我没理他，这是我的自由，他管不着。

（回过头来）自从孟慧兰生病走了，我就觉得留在城里没意思了。陀螺，你应该明白我的意思，孟慧兰虽然不是什么能干女人，有时候我甚至会觉得她有点笨，但别人说过，一块石头放怀里捂久了都是热的，更何况是人。晚上做梦的时候，我还会梦见她刚嫁过来时的样子。

（叹了口气）唉，不晓得为啥，看见魏母猪和张大六的时候，我总是会有些失落。你知道我不喜欢魏母猪那样的人，她太强势了，和她那样的人生活在一起我会受不了。但是听见她和张大六说话，我仍然会觉得身边少了啥。

（摇了摇头）陀螺，你觉得魏母猪刚才叫我是要给我说啥？我觉得她那样的人，应该没什么好事给我说吧。

（外面有人叫，赵乾亮站起来做倾听状。）

赵乾亮：陀螺，三老头他们在叫我去晒坝打长牌，他们差一个人。

（赵乾亮用鞭子杆摩擦着停下陀螺，抱起来进了屋里。）

——落幕。

第二幕

时间——那天晚上六点左右。

地点——赵乾亮家堂屋。

赵乾亮家的堂屋新刷了白涂料，看上去比较新色。堂屋中间有一张八仙桌，桌子周围有四张长凳。桌子和凳子都是旧的，看起来已有许多年。桌子后面的墙壁上有一幅年年有余的画，画里有一个小孩抱着红鲤鱼。桌子前面有几把椅子，分别靠近两边的墙壁。两边的墙壁上各挂了些家用工具，如米筛、锯齿镰、砍菜刀和扁担等。

桌子上有一个泡菜碗、一个油辣子碗和一些调味品。泡菜碗里面有少量泡菜，油辣子碗里有半碗油辣子，旁边的调味品有酱油、味精和醋等。靠左的椅子上放着先前的那个陀螺和抽打的皮鞭。

（赵乾亮端着面和中午的剩菜上。面是素面，里面有几根空心菜。菜是苦瓜炒瘦肉。）

赵乾亮：唉，陀螺，一个人就是这点不好，只要一吃饭就犯愁，就算想做点好吃的也不晓得该做啥，而且稍微多做一点还吃不完，（举起手上的剩菜碗）这不中午炒的瘦肉，不到半斤肉，都没吃完。当年做木匠活的时候，别说半斤，就是一斤也不在话下。唉，老咯，不承认都不行。要是孟慧兰还在，中午这点菜两个人刚好。

（把菜和面放在桌子上，在左边靠近陀螺的长凳上坐下来）刚才打了长牌回来，经过张大六家时，魏母猪又在逗她的狗。她给我打招呼，说有空了去她那里坐，她有事要给我说。我说啥事呢，就这样说不行吗。虽然她有些地方做得过分，但我也不能和她计较，毕竟她是个女人。你猜她咋说，她说这样说不方便，硬要叫我去她家里。我就没理她，自己回来了。

（夹了一些面放进嘴里吞下）那女人性格怪，已经得罪了不少人。有一次我们在晒坝打陀螺，三老头的陀螺不知怎么转到她们跳舞的那边去了，你猜魏母猪怎么做的，她二话不说，抱起陀螺就扔了出去，好像那地方已经分给了她们一样。三老头顾及张大六的面子，笑了一下没有说啥。不过背地里，他骂了魏母猪好几次。他说要是陀螺摔坏了，他就要找张大六赔。我问他咋不找魏母猪赔，他说他是个男的，哪好意思去找魏母猪。再说以魏母猪的个性，找她她也不会理你。魏母猪就是这样的人，你若和她计较，那吃亏的肯定是你自己。

（低下头吃面，一边吃一边夹剩菜。）

赵乾亮：如果孟慧兰在，倒是能和魏母猪说到一块。女人嘛，都喜欢摆别人的家务事，而且孟慧兰性格好，就算魏母猪说得不对，她不会反对。

（放下筷子）早先的时候，看见孟慧兰和别的女人说这些事我还要说她。我说别人家的事，你管那么多干吗。孟慧兰听了虽然不高兴，不过并没有说啥，她也觉得摆别人的家务事不好。不过女人们在一起几乎都是说这些事，她想不说也不行。再后来，我也就不管了。

（看着陀螺）陀螺，你说怪不怪，魏母猪虽然对男人凶巴巴的，但是和女人的关系都很好。她虽然有点胖，但坝坝舞却跳得比哪个都好。刚开始的时候，村里好多女人跳坝坝舞都同手同脚，怎么看怎么不协调。魏母猪在这方面很有耐心，总是一个一个地教，因此村里的女人都很喜欢她。如果孟慧兰还在，肯定也会跟着她跳坝坝舞的。

（停下来吃面。）

赵乾亮（夹了苦瓜放嘴里）：苦瓜炒肉，吃了几十年了都吃不腻。当年孟慧兰最喜欢做这道菜。每次我买肉回来，她都要用苦瓜炒。我们家是村里最早种苦瓜的。孟慧兰的表姐嫁到城郊，男方家种菜的。有一次孟慧兰去看她表姐，回来时带了些苦瓜籽。那些种子种下去没多久，苦瓜苗就长出来了。叶子有点像黄瓜叶，只是上面没毛。开花后，苦瓜藤上长出了满身都是疙瘩的苦瓜。看着那些疙瘩，我马上就想到了癞蛤蟆。

（放下筷子站起来）那样的东西别说吃，就是看着都不舒服。孟慧兰不管这些，摘下来炒进了肉里面。那个时候整个中国都不富裕，吃肉得算着日子。如果我晓得孟慧兰要把肉和着苦瓜炒，肯定是要阻拦的。但是她没告诉我，就那样炒好端上了桌子。虽然我当时很有些不高兴，不过最终还是抵挡不住肉的香味。不知为什么，肉和着苦瓜炒，闻起来比平时更香。我吃了一口，立即就喜欢上了那个味道。虽然有一点苦味，但那苦味刚刚好，吃在嘴里让人觉得清爽。

（坐下来接着吃面）这么多年过去了，苦瓜炒肉的味道还是跟当年一样。回来之后，我做的第一件事就是在后面的自留地里种上苦瓜。

（吃了一会儿面，停下来把碗里的剩菜倒进了面里。）

赵乾亮：唉，这么些年来，两个人在一起习惯了，做啥我都会想起孟慧兰。

（放下筷子）其实孟慧兰走后没多久，就有人给我介绍。建娃子和他老婆也叫我再找一个，说妈不在了你应该找个

伴。刚开始以为能找到一个跟孟慧兰差不多的，我也想试一下。没想到试了几个，有的跟木头差不多，坐在一起完全没话说，有的倒是能说上几句，不过又不像安心过日子的。所以过了一阵，我就不愿意再找了。如果别人再介绍，我就找借口不去。

（转过头看着陀螺）陀螺，你知道吗，就在前一阵，张大六对我说，老庚呀，我刚开始也像你一样，没想过再找的，直到后来找了魏木芝，我才知道我错了，两个人呀，无论如何都比一个人好，如果你愿意，我让魏木芝帮你留意一个。我一听张大六的话，想都没想就拒绝了。我说建娃子和他老婆都说我岁数大了，不让再找。哼，真要找了个魏母猪那样的，恐怕用不了多久我就会给逼得回城里去。与其那样，我还不如不找。

（停下来吃完碗里的面，放下筷子拿起旁边的纸擦了擦嘴巴。）

赵乾亮（转过头看着陀螺）：其实没答应张大六还有别的原因。（站起来）说实话，我还是放不下孟慧兰。

（往前走了几步，有些伤感地）还记得二十多岁那年，我独自一个人去我表叔家做木活。那时候，我才出师不久，手艺做得还不怎么好，不过我却不愿意再跟着我老汉。你晓得的，我老汉啥都好，就是我干活的时候总喜欢说几句。我知道，所有当师傅的，其实都跟我老汉一样，但是我老汉老那样说我，我就是受不了，所以我要自己干。

（转过身面向观众席）在我表叔家干活的时候，我认识了一个石匠。那石匠性格好，见了谁都有说有笑。有一天干完活，我发现凿子丢了一个。可能是哪个小孩觉得好玩，顺手给拿走了。石匠看见了，说他家有木头凿子，让我去拿来用。那个时候的匠人，家里啥工具都得有。

（笑了一下）吃过晚饭，我就跟着石匠去了他家。他家在山脚下，离我表叔家并不远。他老婆见石匠带了我回去，就问石匠我是谁。得知我是来拿凿子的，便没再说啥。石匠也没多说话，从床底下拖出了一个箱子让我自己找。他那箱子里面什么都有，扳手、钉锤、凿子、螺丝刀，只要你想要的，他几乎都有。我看了一下，拿了一个大小差不多的凿子便准备回去。就在那时，陀螺，你猜我看见了谁？

（背着双手往前走了几步，边走边摇头叹气。）

赵乾亮：唉，就算过去这么多年了，我仍然清楚地记得当时的情形。

（回过头看着陀螺）当时我拿了凿子正要出门，旁边屋里突然进来个姑娘。那姑娘看了我一眼，有些害羞地转过脸

问石匠砍柴刀在哪里。石匠说砍柴刀不是在柴屋吗，你咋上这里来找？姑娘脸上一下红了，说是妈让我来问你的。石匠似乎看出了什么，笑了一下没再吭声。姑娘抬起头看了我一眼，转过身飞快地走了。

（摇着头笑了一下）嘿嘿，我当时有些懵，没搞清楚究竟是怎么回事。那姑娘说不上多漂亮，但看上去端庄大方，一看就是安心过日子的那种。不晓得为啥，我那样一想，心就猛地跳了起来，拿着凿子一时不知道该如何出门。

（去到桌旁收拾碗筷准备去厨房，然而想了一下又放了回去。）

赵乾亮：这事有时想起，我仍然觉得像在昨天呢。

（往前走了两步）在那之前，家里面已给我介绍了几个对象。只不过见了面之后，我不是觉得这里不好，就是觉得那里不合适。直到看见石匠的女儿，我才知道想要娶的就是她那样的。

（有些迷惑地）陀螺，说实话，赶集的时候，街上漂亮的姑娘多了去了。虽然平日里我也喜欢偷偷地看她们，不过我却从没想过要娶她们回家，这就好比路边的花，开得好看的，过路的人都想多看几眼，但也就是看看而已，并不会采摘下来带回家里。原因嘛，主要还是觉得不合适。

（看着陀螺，兀自笑了起来）哈哈，你问我怎么样才算合适？这个我也说不清，反正当时我就觉得石匠的女儿很合适。石匠见我定在那里不出门，似乎也明白了我的意思。他让我先等一下，自己转过身去了厨房。说实话，那个时候我还有些害羞，差点就跑了。

（在旁边坐下来）不过最终我没有跑，而是老老实实站在那里等。过了一会儿，石匠出来了。他没说别的，只说要送我回表叔家。到了外面没人的地方，他突然问我处对象了没有。我知道他什么意思，脸一下红了。虽然有些支支吾吾的，不过我还是把我的情况给他说了。他听完没再说啥，和我一同去了我表叔家。

（停下来，脸望着前面不知什么地方，脸上一副陷入回忆的表情。过了一会儿，他回过头看着陀螺。）

赵乾亮：到了我表叔家，石匠把我表叔和表姨叫去了外面。他离开之后，我表叔和表姨就来了我屋里。我表姨说石匠家的女儿看上了我，如果我没意见，她就去给我妈老汉说。我没想到事情来得这么快，一时间不晓得说啥好。我表叔和表姨看我那样，有些失望地离开了。

（笑着摇了摇头）陀螺，你知道的，那个时候我还年轻，感情方面的事并不喜欢直接说出来。然而表叔和表姨离开

后，我又怕错过了，所以第二天吃饭的时候，我又偷偷地把我的想法给我表姨说了。我表姨听了很高兴，她说她从小看着石匠的女儿长大，那女娃娃是个什么样的人她清楚得很。

（手背在身后走了两步）房子还没修好，我表姨就去我家把事情给我妈老汉说了。我妈老汉没想到还有这样的好事，给我表姨买了好几包白糖。

（赵乾亮扭了两下腰，回去在椅子上坐了下来。）

赵乾亮：不得不服老了，站一会儿，腰就胀了。陀螺，你知道石匠的女儿是谁吗？我不说你肯定也晓得，她就是孟慧兰。石匠就是孟慧兰的老汉孟石匠。

（有些奇怪地笑了笑）说来也怪，自从那天晚上之后，我见到孟石匠就有些不自然。他倒是一点都没啥，对我比之前还好。看我在用他的那个凿子，他就说不用还他，送给我了。虽然我知道他将来会成为我的老丈人，但我就是不愿意像之前那样没事就和他说话，你说怪不怪。现在想来，人年轻的时候都是有些别扭的。

（望着观众席）石匠也不介意，干活的时候仍然每天说笑个不停。唉，我老丈人是个好人，脾气比我老汉好多了。我老汉稍一惹着就要骂人，他不会。孟慧兰像他，就算再急再气，也不会发脾气。

（站起来走了几步，摇着头叹了口气。）

赵乾亮：孟慧兰那么好个人，老天爷却不开眼，前些年竟让她得了不知什么怪病，最终没检查出是什么病，她就去了。

（背着双手边走边说）当初我表姨来我家之后，我们的事就定下来了。我妈老汉见了孟慧兰很是满意，他们说那女娃娃看起来虽然本分，但却并不是那种太老实的，那种太老实的都有点憨，做啥都要人教，他们不喜欢。

（兀自笑了一下）孟慧兰才不是那种太老实的，不然的话，她也不会借找砍柴刀来房间里看我了。结婚之后，她告诉我是她妈让她进屋来看我的，我不仅有木匠手艺，人看上去也精神，她妈一眼就相中了。那会儿，男的不说帅或者好看，而是说精神。

（面向观众）找算命的合了八字后，我们在第二年春天结了婚。刚开始，我俩都有些害羞，在一起并不怎么说话。我觉得那样不好，于是每天晚上都给她讲干活时听来的故事。我们做手艺的，那样的故事听得可多了。孟慧兰很喜欢听故事，那样过了一阵，我们俩就无话不说了。

（叹了口气）唉，那个时候人年轻，无论做啥感觉都那么好。

（回去在椅子上坐下来。）

赵乾亮：那个时候我老汉身体也还硬朗，没事他常和我一起出去做木活。自从我结婚后，他干活再也不说我了。在他看来，结婚后我就算真的大人了。即使有做得不好的地方，他也不会再说了。我们俩爷子一起干活，从来没那会儿那么愉快。

（若有所思地）那时候挣的钱虽然不多，不过多少也能结余几个。结余的那些钱，先是我妈管着。后来我妈看孟慧兰实在，就把钱都给了她管。孟慧兰不是个有太多想法的人，能得到一家人的信任，她就已经很满足了。

（看了一下陀螺）那会儿别的都好，就是孟慧兰怀了两次孩子，都是不足月就死了。我老汉有点着急，让我妈带了她去高坪找那个老中医看。那个老中医很厉害，周围有这方面问题的都会去找他。老中医把了孟慧兰的脉后说关系不大，调养一下就好了。吃了几服药后，没多久孟慧兰果真就怀上了建娃子。然而就在建娃子快出生的时候，没想到我老汉又出事了。

（外面有什么声音，赵乾亮起身过去看。）

赵乾亮：不晓得是哪家的狗，跑到外面院坝里来了。看它的样子不像来搞破坏的，我就没理它。

（坐下来）我老汉那天本来要跟我一起去做家具，不想还没出门，就有人来请他去改猪圈，于是我们就去了不同的地方。晚上回来的时候，我老汉喝了点酒，经过瓦窑时，不小心掉了下去。瓦窑虽然没多高，但下面全是石头。我老汉脑壳着地，摔了一个大口子。弄回家没多久，他就死了。

（难过地站了起来）眼看着建娃子快要出生了，一家人都很高兴，没想到我老汉却发生了这样的事。我老汉不在了，作为家里的男人，我得负起所有的责任。为此，我跟着我老汉的一个师弟去了家具厂干活。虽然有些辛苦，但每个月都能拿回家不少钱。有了建娃子后，家里面需要那些钱。

（把手背在身后）陀螺，别人都说没当过老汉的人算不得真正懂事了，这话一点不假呀。也就是那个时候，我一下子明白了很多东西。

（外面传来了狗叫声。赵乾亮犹豫了一下，取下墙上的扁担走了过去。）

赵乾亮：要叫你去自己家里面叫，哪能跑到别人院坝里叫，你快走！（做驱赶状）

（狗的叫声渐渐远去。）

（把扁担挂回墙上）有了建娃子，时间就过得快了。为了他，我和孟慧兰一直商量要多存一些钱。也就是那个时候，

周围做生意的多了起来，我的手艺也比原来好了。很快，家里的存款就多了不少。

（有些惭愧地摇了摇头）唉，人其实都有些不知好歹，日子艰难的时候还知道怎么过，日子一好就不知道该怎么过了。当挣钱越来越容易的时候，我也开始迷糊了，竟然喜欢上了打麻将。刚开始我打得小，而且是下班之后才去打。但那东西有瘾，越打越想打。渐渐地，我不仅越打越大，有时还丢下活不干都要去打。唉，陀螺，你是不能明白那种感觉的。上了瘾之后，只要一听到别人叫三缺一，你的心就痒了，做啥都没了心思。以至于到了后来，我从茶馆旁边经过心里都会痒。

（背着手来回走了几步）赌博绝对是害人的东西。渐渐地，我拿回去的钱越来越少。刚开始我骗孟慧兰，说老板没给钱。孟慧兰信任我，没有说啥。她和我妈一边带建娃子，一边种地养猪，日子倒也过得去。只是现在想来，我一个男的还不如在家干农活的女人挣钱多，真的是有点丢脸。

（自嘲地笑了笑）再后来，见与我一同做事的都拿了钱回去，就我没有，孟慧兰终于起了疑心。有一天，她谁也没有通知，径直去了我干活的地方。当时我没在家具厂，而是与几个人一起在茶馆里打麻将。走进茶馆的时候，她啥都明白了。为了顾及我的面子，她什么都没说，默默地坐在旁边陪着我。打完回去，她问我那样有多久了。我不想骗她，把前后的经过都给她说了。她听了之后没哭没闹，只说如果我再那样，她就和我离婚。说完她就回去了。

（赵乾亮走了几步，在旁边的椅子上坐了下来。）

赵乾亮：唉，你说我当时有多昏呢！孟慧兰离开之后，我记了不到两天，就又去了茶馆。我也知道那样不对，但就是控制不住自己呀。现在想起来我都不太明白，为啥自己当时会那么上瘾呢？

（望向陀螺）过了一阵，孟慧兰又过来了。这一次，她没再像上一次，而是直接把我叫了回去。当着我妈的面，她问我选择麻将还是选择她。我妈气得很，猛的一巴掌给我打了过来。从小到大，我妈从来没打过我，然而那一次，她不仅打了我，而且还是当着孟慧兰的面。见我一直没有认错，孟慧兰本来要去民政局的，然而不知为什么，她的心还是软了。

（转过头望着观众席）过了两天，她安排好家里的事，和我一起去了家具厂。为了让我戒掉打麻将，她也陪着我在家具厂干活。她干不来别的，就给家具画花和刷漆。她从没干过这样的活，刚开始被油漆熏得饭都吃不下。不过为了我，她还是忍了下来。

（有些开心地笑了笑）有了她在旁边，我不能再去茶馆

打麻将了。刚开始那一阵，说真的有些难过。不过说来也怪，过了那一阵，我渐渐就没瘾了。看我真的不再像之前那样为了打麻将活都不干，孟慧兰才没有随时都跟着我。

（外面有响动，赵乾亮起身往院子外面看了一下。）

赵乾亮：我还以为有人来了呢，原来是雀儿把筲箕弄翻了。看来那些雀儿跟我一样，也有点无聊了。

（坐回椅子里）唉，孟慧兰在的时候，我常把心里的事说给她听。陀螺，你又听不懂，我给你说这些有什么用呢？

（站起来走了两步）那一阵我的赌瘾倒是戒了，不过却苦了我妈。她既要干活又要带建娃子，很是辛苦。虽然农忙我和孟慧兰都要回去，但农村上的活，哪里就只有农忙才有呢。那一阵我真不晓得我妈是如何忙过来的。

（摇着头笑了笑）也许老天都不忍心我妈那么累吧，过了一阵，刨花板家具多了，没人再买木头家具。刨花板家具便宜不说，样式还好看。虽然木头家具经用，但那会儿人的观念都变了，没人再愿意一套家具用一辈子。很快，我所在的家具厂就开不下去了。经朋友介绍，我开始进城跟人做装修。做装修虽然算不得手艺活，不过却比干木工活挣钱。为了挣钱，我也不再想那么多了。那会儿建娃子渐渐大了，而我妈的身体也已经不行了，还好，孟慧兰那会儿回去了。

（看了看陀螺，起身向前面走了几步。）

赵乾亮：也就是那个时候，不仅我这样的手艺人去了城里做事，周围有钱的人也开始往城里搬了。那时候大家都认为城里好，好像城里的厕所都是香的一样。为了搬去城里，大家眼里渐渐都只有钱，就连做梦都在想怎么挣钱。

（摇着头面向观众席）那些自己不想搬去城里的，就花钱给子女在城里买工作，比如刘关明的儿子和王老幺的女儿，他们都买工作买到了纺织厂，而李大铁的儿子买到了玻璃厂，其他还有买到轧钢厂和罐头厂的。他们的目的只有一个，那就是让子女农转非进城。虽然那会儿建娃子还小，看周围人都那样做，我也开始想如果建娃子读书不行，那我也多挣点钱帮他买工作进城。因而搞装修的时候，我干活比谁都吃苦。一起做事的都觉得奇怪，说老赵你家里又不缺钱，你那么拼命干吗。我不好意思给他们直说，就撒谎说外面还欠了些债需要还。

（若有所思地背着手来回走了几步）可惜没过几年，城里那些工厂就开始搞下岗了。那个时候，我才听人说原来是那些厂早就不行了，厂里当官的才钻空子用卖工作挣钱。结果那些买工作的很快都下了岗，几大千就那样白白打了水漂。还好建娃子小，不然我家存的那些钱也会打了水漂。

（回去在椅子上坐下来。）

赵乾亮：虽然那个时候没有人再买工作，不过大家搬去城里的愿望却更加强烈了。我也是那个时候受到影响想去城里的。那个时候我还不太了解城里，总觉得城里啥都好。

（看了看陀螺）回家的时候，我把进城的事给孟慧兰说了。那些年我妈身体不好，家里的事都压在孟慧兰身上。虽然觉得在家干农活很累，不过孟慧兰对于进城还是很犹豫。她问我说，进了城之后，我们靠什么生活呢？我说我准备自己带人搞装修，这样的话自己接活拉客户，可以多挣不少钱。那会儿进城买房子的多，装修活比之前好做了不少。孟慧兰听了仍有些犹豫，没有马上答应。她说进城得买房子，我们手边还没那么多钱。听她那样说，我也就没再说啥。

（望向观众席）过了几年，我妈生病了。我当时不在，孟慧兰又要忙农活，我妈就自己在村里的诊所随便买了点药吃。那样拖了一阵，她的病越来越严重。等到我把她弄到城里的医院时，医生说已经晚了，我妈的各个器官都已经衰竭了。就那样，我妈也离开了我们。当时我很难过，对孟慧兰说如果住在城里，我妈就不会离开我们。不知是不是受了这事的影响，我再给孟慧兰说搬进城时，她同意了。

（停下来看着陀螺站了起来。）

赵乾亮：人这一辈子，总有运气好的时候和运气不好的时候。不知为什么，我妈走了之后，我的运气一下好了起来。我自己带着人，接了好多装修的活。找我做事的不仅包工给我，还把料也一起包给我。我心不厚，装修从来都真材实料。虽然挣的钱少一点，但人家都看在眼里，遇上有熟人和朋友要装修，也都来找我。没多久，我们就凑够了买房子的钱。

（来回走了几步）那时候建娃子快上中学了。我看他成绩不错，就和孟慧兰商量，买了房子之后我们把他弄去城里读书。孟慧兰也很重视建娃子的成绩。她不知听谁说城里的二中不错，就让我在靠近二中的地方买了房子。二中旁边的房子有点贵，我买在了稍微远一点的地方，不过去二中读书仍然很方便。

（看了一下陀螺）就那样，我们搬去了城里。我们的土地，全都给了三老头种。三老头那时还年轻，干活很是厉害。他和他老婆不会干别的，就知道种地。我家的地位置不错，他和他老婆很是高兴，全都拿了过去。

（回去坐下）去了城里，孟慧兰在家做饭和接送建娃子，我每天出去干活。说实话，在城里安了家后，每天干完活回去有热水和热饭递到手里，那种感觉非常不错。那一阵，我过得很充实也很愉快。只是我忽略了孟慧兰，她在家里干农活干习惯了，在城里每天都觉得无所事事。我当时没发现有

什么不对，总觉得她那是在享福。孟慧兰也不说啥，每天都把屋里头打整得一尘不染。

（有些难过地）唉，我当时确实不够细心，没发现孟慧兰并不开心。才从乡下来到城里，她一点也不喜欢和周围的人接触。我问她为啥，她说怕别人笑她。我能理解她的想法，说实话，刚进城的时候，我也有点像她那样。我只以为过一阵，她就会像我一样，适应城里的生活的。所以我就只顾忙自己的，根本没替她考虑。

（停下来不说话，背着手在台上走。）

赵乾亮：建娃子上中学后，不再需要她接送。尽管一个人待在家无聊，孟慧兰仍然不喜欢和周围的人交往。有一天，她突然对我说要回乡下种地。刚开始我不理解，只以为她哪根筋不对了。我问她为啥想回去，她说她是人不是猪，不想那样成天吃了饭没事做。那会儿，我才发现孟慧兰仍然没有适应城里的生活。

（背着手走了几步）我肯定是不愿意她一个人回乡下种地的。想了一阵后，我叫了她跟我一起去搞装修。她之前在家具厂干过，会刷墙壁和喷漆。一起干活的都笑我，说我不知道心疼女人。他们懂啥呢，正因为心疼孟慧兰，我才叫她一起干活。

（面向观众席）那几年，我们两个人随时都在一起。一起干活的熟悉了，又说我们是公不离婆，秤不离砣。我才不管他们说啥，每天有事做，孟慧兰再也不说回去种地的事了。

（转回去在椅子上坐下来。）

赵乾亮：那几年，我们每天都早出晚归。我们俩都是省吃俭用的人，我们的钱多数都是那个时候攒下来的。更重要的是，建娃子懂事，不仅考进了二中，而且还进了好班。他晓得自己是乡下来的，各方面都不如城里的学生，所以读书格外用功。高中毕业的时候，他考上了一所不错的大学。说实话，我和孟慧兰都没想到我娃这么有出息。

（转过头看着陀螺）录取通知书寄来的时候，我们请亲戚朋友到馆子里面好好地庆祝了一下。当然，要供一个大学生并不容易，那之后，我和孟慧兰干活更加卖力。唉，现在想起来，孟慧兰应该就是那个时候落下病根的。我们男的身体硬实，干装修活没啥，她一个女的，每天跟着我们那样干，不落下病才怪。

（有些难过地摇了摇头）那个时候，她虽然偶尔会咳几声，不过没什么不舒服，所以我们都没在意。

（站起来往前面走了几步。）

赵乾亮：如果我们那时候多注意点，孟慧兰后来可能就不会得病了。

（摇着头叹了口气）唉，都怪我，那个时候只知道挣钱，哪里会想那么多呢。我总是想着建娃子长大了要用钱，干活比之前更拼命。我就那样带着孟慧兰，一直忙到了建娃子出来工作。建娃子读的学校虽然不错，不过专业不怎么好，工作并不太好找。实在没办法，他最后找了个专业不怎么对口的工作。

（走了两步又回转身）这事孟慧兰自己也有问题，她老是想着前些年大学都管分配的事，很有些为建娃子的事怄气。无论我怎样劝，她也不听。这可能也和她后来生病有关。

（回过头继续走）还好建娃子肯吃苦，不多久就在公司里升了职。那会儿，孟慧兰才稍微高兴了些。又过了两年，建娃子结婚了。他没什么钱，结婚的费用几乎都是我们出的。这没啥，我们周围的那些年轻人，结婚都是靠父母出钱。如果让他们自己出钱，恐怕得到三四十岁才能结婚。

（望着观众席）儿媳妇接进门后，我们的钱也用得差不多了。还好儿媳妇虽然工资不高，但对我们还不错。晚上躺在床上时，我和孟慧兰都说那些钱用得值。

（来回走了几步，低着头似乎在想啥。）

赵乾亮：有了孙子小豆子后，孟慧兰没有再跟我出去。儿媳妇要去上班，平日里小豆子都她在带。

（笑了一下）说来也怪，我身边的每个女人都喜欢带孙子，我妈、我丈母娘、我表姨，当然还有孟慧兰，她带小豆子比建娃子和他老婆都上心。其实我也喜欢小豆子，每天干完活回去，我都要抱一会儿。只是我们带娃的方式与建娃子和儿媳妇不一样，为此我们还争论过几句。不过我和孟慧兰都不是强势的人，最终我们都听了建娃子和儿媳妇的，毕竟他们书读得多些。

（停下来继续来回走。过了一会儿。）

赵乾亮（手背在背上）：说实话，有了小豆子后，事情一下多了好多。建娃子和儿媳妇都忙工作，家里边主要是孟慧兰在负责。那会儿不仅孟慧兰，就连我都觉得有些累。

（望向观众席）还好娃娃愁生不愁长，没过几年，小豆子就长大了。小豆子上学后，孟慧兰轻松了不少。不过就在那个时候，我的装修活已经不好做了。乡下的人大都进了城里，稍微学了一点手艺的，都来搞装修了。为了抢生意，他们把价格压得很低。

（叹了口气）还好我和孟慧兰都想得开，钱不好挣就少挣点。建娃子那会儿又升了职，他和儿媳妇也劝我，说我累

了一辈子，该休息了。我说累倒不怕，就怕回了家啥都不做闲得难受。建娃子和儿媳妇就说，老汉，那你想做就做，不想做了就不做，只要高兴就行。其实我也是那样想的，有活的时候就去干，没活了就在家待着。

（停下来，面向观众席。）

赵乾亮：又过了些年，小豆子快上中学了。有一天，孟慧兰突然说胃痛。刚开始我以为她吃坏了东西，就去楼下诊所买了药给她吃。不想不仅没效果，她反而痛得更加厉害。建娃子担心他妈，赶紧送去了医院。

（来回走了两步）孟慧兰一直说胃痛，我们哪里想到她会是别的病呢。当时医生照了胃镜，说胃没什么问题，只是浅表性胃炎，他建议我们打彩超检查一下。没想到彩超结果出来后，还是没看出问题。医生也不知道怎么回事，就建议我们再做 CT 试试。于是我们又带孟慧兰去做 CT。

（来回又走了两步）直到 CT 结果出来，我们才知道孟慧兰是肺上出了问题。说来也怪，肺上有问题，她怎么会胃痛呢？刚开始，医生说是肺上有囊肿和积液，开了些消肿和清积液的药。然而吃了药没有效果，孟慧兰说她越来越痛。医生担心囊肿已经癌变，就让我们去省城的医院检查。

（叹了口气）建娃子吓到了，赶紧带了孟慧兰去省医院。

省医院检查之后，说不是癌症。但具体什么病，他们也说不清。西药吃了效果不大，他们开了几大口袋中药让孟慧兰和着吃。虽然没有查出什么病，但孟慧兰肺上的炎症和积液总算控制住了。只不过治标不治本，每隔一段时间，建娃子都要带她去一次省医院。

（回转身在陀螺旁边的椅子上坐下来。）

赵乾亮：陀螺，你是坨铁，不晓得得病好受罪呢。孟慧兰本来身体不错，但那么一生病，她很快就瘦了下来。虽然不是癌症，那样过了几年，她最终还是去了。

（叹了口气，揩了一下眼角）走之前，她告诉我说，其实那些年来，她一直想回乡下种地。从小在农村主任大，她一直不习惯城里的生活。就算有了小豆子，她还是不习惯。我问她为什么先前不说，她说怕说出来我们不高兴，而且她一个人回去的话，别人还会说闲话。听了她的话，我心里难过得不行。但是那个时候，我要带她回去种地已经不可能了。

（站起来，往前走了几步。）

赵乾亮：孟慧兰离开后，建娃子想把她埋在城边的公墓里，说那样方便他们清明节上坟。我没同意，孟慧兰生前没能回家，死后无论如何都要回去。在我的坚持下，孟慧兰最

终埋在了后面的山脚下。

（手背在背上）那会儿，我已经没有再做装修。没有了孟慧兰，我在城里待着一点意思都没有。

（看着陀螺）陀螺，也就是那个时候，建娃子看我成天闷闷不乐，在我过生日的时候买了你。但我还是放不下孟慧兰，隔一阵就要回来看看。

（笑了笑）也就是那个时候，国家为了振兴乡村，开始鼓励回乡创业。不仅如此，他们还发钱补助新建住房和旧房翻新。（抬起头左右看了看）有一次，我又回来看孟慧兰，看着这周围的变化时，我突然明白了，只有这里，才是我真正的家。这里不仅有孟慧兰，还有我们种过的土地，以及跟我一起长大的那些人。只有回到这里，我心里才会舒服。

（外面传来了狗叫声。赵乾亮看了一眼桌子，忽然想起了啥。）

赵乾亮：哎呀，光顾着和你说话，我连碗都忘了洗了。

（上前拿起碗筷，下场。）

——落幕。

第三幕

时间——几天后的晚上。

地点——赵乾亮的卧室。

舞台中间有一张床，床上挂着老式的白色蚊帐。蚊帐的前面有两个挂钩挂着，可以看到床上有一床篾席、一个枕头、一张叠好的夏被和一把蒲扇。床的左前方有一个老式木衣柜，看上去虽然旧，但依然很结实。衣柜的前面还有一个红色的长方形木柜。因时间久了，红色看上去有些暗淡。床的右前方有两把椅子。

（赵乾亮抱着陀螺上。）

赵乾亮：陀螺，我还是先给你说说今晚的事吧，不然我会睡不着。

（把陀螺放在其中的一把椅子上）唉，从哪里说起呢？感觉有很多话想说，但是一时又不晓得从哪里说起。

（摸着头来回走了几步，来到了舞台中间）我看还是从今天早上说起吧。今天早上，我去淋红薯的时候，两只雀儿在土边的树上叫着跳来跳去。天气热了，大家都只有早晚出来干点活。这也是因为条件好了，若在当年，就算顶着太阳

也要干到中午才回家。现在地少，大家都是边耍边干就干完了，中午吃了饭，睡觉的睡觉，打牌的打牌，既不睡觉也不打牌的，就坐在一起摆龙门阵。

（往回走了两步）之前干活的时候，树上也会有鸟叫，不过它们总是很快就飞走了。但今天早上的那两只鸟奇怪得很，一直在那里叫个不停。我不喜欢吃红薯，种它们是用来喂猪的。回来之后，我养了两头猪，过年的时候，一头给建娃子他们，另一头我自己留着。自己养的猪饲料里面没有添加剂，吃着比卖的放心。

（回到刚才的地方）我看着那两只鸟，以为它们有话想对我说，于是就问它们，雀儿，你们想对我说啥子？它们哪里听得懂人话，依然那样跳着叫个不停。看着它们那欢喜劲，我突然感觉今天有什么事要发生。

（回去在陀螺旁边的椅子上坐下来。）

赵乾亮：淋完红薯回来，魏母猪家的狗冲出门就向我跑了过来。它的名字叫妞妞，别人看见它的时候，都会叫妞妞。魏母猪见它往外跑，就站在门口叫妞妞。然而她怎么叫都叫不住，妞妞跑到我身边，摇着尾巴用头来挨我的小腿。那样子，就像我是它的主人一样。你说这小东西懂事不懂事嘛，难怪人人都喜欢。

（笑着摇了摇头）直到魏母猪过来，妞妞才恋恋不舍地跟着她回去了。魏母猪看上去心情不错，笑着对我说，妞妞喜欢你呢，比对张大六还亲热。我不太想和她说话，笑了一下回来了。你知道的，我一直都不喜欢魏母猪，能不和她说话就尽量不和她说话。你猜她咋说，她说张大六在家，让我进去坐一会儿。别人若那样说，我也就进去了，她那样说，我才不想理会，借口有事走了。她那样的人，谁知道心里是怎么想的。

（站起来摇着头走了两步）魏母猪那样的人，突然对你热情的时候，多半是想找你给她做事了。回到家，我暗自庆幸张大六没出来叫我。如果是张大六叫我干活，我可不好拒绝。当初翻修这个房子，魏母猪虽然小气啥都不肯帮忙，但张大六还是帮了我不少忙。墙壁上拆下来的那些石头，都是他和我一起抬到后面空地上去的。

（坐回去）回到家喂了猪，我把三老头给我的高粱毛拿到院坝里齐了把扫帚。先前那把扫帚毛脱得差不多了，扫地都扫不干净。没想到刚齐完扫帚，张大六就过来了。我以为他是来找我做事的，放下扫帚便准备跟他过去。不想他在我旁边坐下来，说有事要对我说。

（站起来来回走了几步，去到床边坐下。）

赵乾亮：陀螺，你猜他对我说啥了？他又给我说让我再找一个，他说一个人冷清，如果我愿意，魏母猪就把她的表妹介绍给我。哼，就魏母猪那样的人，我怎么可能同意和她的表妹在一起。说实话，我之所以回乡下来，还不是因为放不下孟慧兰。每次去干活，我都会绕路去看她，顺便把她坟头的杂草拔掉。她爱干净，肯定不喜欢那些杂草。

（*看着陀螺*）和孟慧兰一起生活了那么多年，我早已经习惯了。陀螺，有时候和你说话，我都会有种错觉，好像是在和她说话一样。

（*站起来若有所思地望着旁边的木柜子*）话又说回来，如果真要找一个，也要找个能在一起过日子的。说实话，村里的女人，别的我都瞧不起，唯有王秋水的妈我觉得还不错。无论为人处世还是干活，王秋水的妈跟孟慧兰都很像。最重要的是，当年孟慧兰和王秋水的妈关系不错，没事经常互相串门。我平时很少和女人说话，然而王秋水的妈和孟慧兰交往勤，我对她了解得比别的女人都多。王秋水的老汉死后，王秋水的妈一直没有再嫁。如果真要找一个，我也会找她那样的。至于魏母猪的表妹，我根本就不会考虑。

（*坐回椅子*）只可惜王秋水工作后，把他妈接去自己上班的地方了。听人说，王秋水的妈现在在帮王秋水带孩子，就像孟慧兰当年给建娃子带小豆子那样。张大六见我爱理不理的，有些不高兴地说，老庚，一个人有啥好，冷锅冷灶的就不说了，到了冬天，连个捂被子的都没有。如果你和魏木芝的表妹在一起，那我俩就不仅是老庚，还是老挑了。陀螺，你知道老挑是什么意思吗？老挑就是指娶了两姐妹的两个男人。

（站起来）听张大六那么说，我倒是有些动心呢。不过想起魏母猪那凶巴巴的样子，我马上就不多想了。我借口做午饭，进了厨房没再出来。张大六不死心，站在厨房门口说，老庚，魏木芝表妹今天下午要过来，到时晚上你到我家来吃饭。同意不同意都没关系，一起吃个饭又不会掉块肉。说完张大六也不管我答不答应，转过身出门走了。

（过去在床沿坐下来。）

赵乾亮：说实话，张大六走之后，我的心里很有些乱。那时候，我想起了淋红薯时旁边树上的那两只鸟。它们为什么闹腾得那么厉害呢？原来是因为这事。然而我对魏母猪的表妹一点兴趣都没有，那两只鸟刚才是白叫了。然而张大六叫我去吃晚饭的事，我仍有些犹豫。若是魏母猪叫，我肯定会推说有事不去。然而张大六是我老庚，我们从小一起长大，不去有些说不过去。况且他把话也说得很明白，不管我愿不愿意，一起吃个饭总是没什么大不了的。

（站起身）如果去吧，到时在他们面前又不知道说啥，尴尬得很。陀螺，那会儿我真想让你给我拿主意去还是不去。

（起身走到陀螺旁边的椅子上坐下。）

赵乾亮：吃过午饭，我不想再为这事费脑筋，就去了晒坝找人打长牌。晒坝的人有些奇怪，说你平时不是都等着人叫嘛，今天咋这么早过来了。我说咋啦，难道还不允许我早点过来。那些人说，哪有不允许的，你就是搬过来住都没问题。于是我们几个人一边说笑，一边拿出长牌打了起来。长牌需要慢慢摸慢慢出，很适合我们这些上了些年纪的人打。

（看着陀螺）人多不会东想西想，不知不觉，一下午就过去了。下桌子的时候，我已经想好了，回到家就煮碗面吃，等张大六过来叫时，我就说已经吃过了。

（望着观众席）回去的时候，为了不让张大六和魏母猪看见，我特意绕了道从后面进院子。只可惜，人算不如天算，张大六竟然也在屋后挖阳沟泥。看见我他说，老庚，你家屋后的阳沟也该挖一下了，不然一涨水，水就会往屋里灌。我有些尴尬，应付着说了两句就准备回去。张大六却不让我走，说魏母猪的表妹已经过来了，正在屋里和魏母猪准备晚饭。

（叹了口气）唉，是福不是祸，是祸躲不过，看来我不过去是不行了。

（站起来走了几步又走回去坐下。）

赵乾亮：说实话，我当时是一点都不想过去。回到家不知道干啥，我就坐在堂屋的椅子上胡思乱想。

（看着陀螺）也不知过了多久，张大六过来了。他才干完活，手上泥巴都还没来得及洗。我知道是魏母猪催他来叫我的，心里更加乱。无论如何，我都不能和魏母猪的表妹在一起，不然我以后也会跟张大六一样，掏了阳沟手都来不及洗就要被叫去做事。于是我接了些水出来，让张大六先把手洗了。

（转过脸望着观众席）张大六也不客气，一边洗一边说，老庚，刚才她表妹一到，魏木芝就给她说了你的事，一会儿见了面，你一定要好好表现一下。我听了很有些不以为然，心想若不是看你的面子，我都不愿意过去的，咋还会好好表现。不过当着张大六的面，我没有表现出来。待到他洗完手，我们一前一后去了他家。

（站起来走到舞台前面。）

赵乾亮：陀螺，有些事如果不发生，你是永远都想不到的。刚到张大六家门口，一个女人就从屋里走了出来。她的身后，跟着那条叫妞妞的狗。一看那个女人，我一下就呆住了，站在那里不敢再往前走。张大六回过头看了我一眼，说

你咋不走了？说完伸了手来拉我。陀螺，你猜我看见的女人是谁？

（微笑着来回走了几步）她就是王秋水的妈。我很奇怪，就问张大六，王秋水的妈为啥会在这里？张大六瞪了我一眼，说她就是魏木芝的表妹，难道你还不晓得？我说你不说我咋晓得。

（来回走了几步）妞妞摇着尾巴跟着王秋水的妈跑，看那样子，似乎是想要她抱。那狗很奇怪，无论谁到张大六家，它都十分亲热。唯独对魏母猪，它一点都不亲近。为此，魏母猪很有些不高兴，说起它时经常骂。我想多半是因为魏母猪脾气太怪了，别说是人，连狗见了都烦。

（望向观众席）就在那时候，王秋水的妈也看见了我们。她似乎有些不好意思，打了个招呼赶紧进了屋里。她看上去没怎么变，头发依然梳成了两条辫子。

（笑着摇了摇头）我们进去堂屋后，王秋水的妈一直待在厨房没出来。倒是那条狗妞妞，一直围着我们跑来跑去。我一伸手摸它，它就伸出舌头来舔我的手。魏母猪从厨房出来，笑着对我说，这狗是个客来疯，家里边的人叫它它都不答应，但是只要一来客，它就又跑又跳的，怎么招呼都不停。我赶紧说，它乖得很，晒坝的人都说喜欢它。魏母猪听了很高兴，一边笑一边手揩着围裙进了厨房。

（来回走了几步）我和张大六坐在堂屋不知道说啥，于是就掏了烟出来抽。在城里的时候，哪里都不准抽烟，乡下不一样，没那么多规矩，想抽了哪里都行。

（走回去坐在陀螺旁边的椅子上。）

赵乾亮：抽完一支烟，张大六给我说起了王秋水的妈。他说在晒坝跳坝坝舞的时候，魏木芝把王秋水的妈是她表妹的事对每一个女人都说了，你居然还不知道？我说我平时又不和那些女人摆龙门阵，上哪里知道。张大六点了一下头，说这倒是，女人之间的龙门阵，我们哪里好去插嘴。

（看着陀螺）你晓得不，女人在一起鸡毛蒜皮的事说个不停，根本不会有人去记。说完王秋水的妈的事，张大六又递给我一支烟。平日里我烟抽得不多，能憋住就憋住，实在憋不住了，才掏出一支来抽。在医院陪孟慧兰的时候，建娃子给我也做了个体检。医生说别的地方都没问题，就是烟抽多了，肺上被熏黑了。若是别人这样说，我会骂他，我们这地方把那种专门做坏事的人才称为黑心肺，但是医生那样说，我啥都不敢说。肺上被烟熏了几十年，人家用高科技照出来确实变黑了。孟慧兰就是肺上出了问题才离开的，所以那之后，我就刻意少抽烟了。然而当时那种情况，我可不好说啥，只得接过了烟。

（望着观众席）张大六说，先前给你说这事的时候，你总是找借口推脱，我还以为你不喜欢王秋水的妈呢，趁她俩不在，你现在告诉我，到底对王秋水的妈有没有意思？

（站起来走到了台前。）

赵乾亮（看着地面摇着头笑了笑）：这个张大六也真是，这种事，哪能这么直接问呢。我和王秋水的妈早就认识，这话肯定是说不出口的。但是张大六就是这么个人，一旦遇到问题，脑子比我还转不过弯。我不回答，他会一直那样问。我实在没办法，只得给他说了实话。当然我还是没有直接说，而是说这种事，就算我愿意，她不愿意也白搭。

（抬起头望向观众席）张大六听完笑了起来，说这个你放心，王秋水的妈那边魏木芝都已经问好了，人家要是不愿意，我就不会叫你过来吃饭了。张大六高兴，又掏了烟让我抽。唉，就那么一会儿，我把一天的烟都抽了。

（把手背在背上来回走了一会儿。）

赵乾亮：直到吃饭，王秋水的妈才和魏母猪端着饭菜出来。那些年没怎么晒太阳，王秋水的妈看上去比原来要白些。之前的时候，我们说话打招呼都很自然，那会儿，不知是不是有魏母猪他们在，我俩都不知说什么好。

（走了几步）魏母猪怕冷场，找了她当年开凉粉店时的话出来说。她说那个时候她女儿还在读书，不管是做凉粉还是卖凉粉，都靠她一个人。那会儿，她要多辛苦有多辛苦。别人都劝她请一个人，但她却舍不得，说店子太小，请了人就赚不到钱了。她说这些事的时候，张大六偶尔也会帮着插一两句。

（手背在身后）听魏母猪那样说，当年她确实挺不容易的。但她个性要强，再苦再累都不会对别人说。因此别人都只以为她脾气怪，根本不晓得她为啥会脾气怪。听完她的话，我倒有些不好意思。我与其他人一样，也只以为她脾气怪。

（走到舞台中间）说完这些事，魏母猪才开始说她和王秋水的妈的事。虽然她们是表姐妹，但早先的时候都在忙自己的事，她们之间根本就没想起过对方。直到嫁给张大六后，魏母猪才意识到王秋水的妈也在这里。只是那个时候王秋水的妈还在王秋水那里，她们都没机会见面。直到前一阵一个亲戚的儿子结婚，魏母猪前去吃喜酒，才在酒桌子上见到了王秋水的妈。好些年没见了，两个人都很高兴，把自己的情况都给对方说了。得知王秋水的妈还是一个人，魏母猪很有些替她着急，说人老了儿女会嫌弃的，有机会了你还是再找一个。王秋水的妈说她不是没想过这事，只是没遇上合适的。

（抬起头笑了笑）那天见我从门外经过，魏母猪突然想

起了王秋水的妈。她很是高兴，就把这事给张大六说了。张大六听了也很高兴，于是就有了后来的事。陀螺，缘分这种事，有的时候真的很奇怪。

（走回去坐在床沿。）

赵乾亮：吃完饭，见我和王秋水的妈都没意见，魏母猪就说那这事就算定下来了。为了给我们单独相处的时间，魏母猪建议我们出去转一会儿。那会儿天还没黑，周围的雀儿都飞上树头叫了起来。风吹过来的时候，我闻到了玫瑰田里的味道。

（有些不好意思地笑了一下）其实刚出门时，我和王秋水的妈都不晓得说什么好。穿过前面的田埂，再往前就是玫瑰田了。见我还是不说话，王秋水的妈便问我孟慧兰的情况。因为孟慧兰，我俩渐渐有了话题。我给她说了孟慧兰进城的情况后，又问她那些年过得如何。她说刚开始，她和儿媳妇关系不怎么好，经常为一些鸡毛蒜皮的事争吵。王秋水怕老婆，从来都帮着儿媳妇。虽然有时候她很生气，不过想起王秋水老汉死得早，她都忍了下来。儿媳妇人不坏，过了一阵，她俩都不再多计较了。只是两个人关系始终不怎么亲近，在一起没什么话说。

（站起来往前走了几步）说完各自家里的情况，我们又说起了这里的变化。她很少回来，对于家里的变化比我还惊奇。她说孙子上学之后，她就没有多少事可做了。一个人待着无聊，她早就打算回来了。她与我一样，也觉得只有这里才是她的家。但是王秋水不同意她回来，说你回去了别人会骂我不孝，说孩子带大了就不要妈了。

（手背在背后）说实话，她这样说的时候我有点担心，如果王秋水仍不同意她回来，那我们的事就没戏了。

（去陀螺旁边的椅子上坐下，面对着陀螺。）

赵乾亮：到了玫瑰田，我终于忍不住，给她说了我的担心。她有些奇怪地看了我一眼，那样子仿佛是在说，这不是明摆着的吗，还用问？但我还是不明白，望着她等她回答。她笑了一下，说木芝姐给我说这事的时候，我有些犹豫，担心秋水不会同意。木芝姐说，秋水他敢，如果他不同意，我就上你家来骂他。话虽那样说，但我说还是等秋水回来我问了他再说。没想到木芝姐性子急，挂了我的电话就给秋水打电话。晚上秋水回来，我还没开口，他自己就先说了。他说木芝姐骂他，说他老汉死了这么多年了，他都没替我考虑过。秋水赶紧对木芝姐说他不是没替我考虑过，而是我自己不愿意。其实秋水老汉死了没多久，就有人开始给我介绍，只是我对那些人不熟悉，所以都没答应。趁着儿媳妇不在，秋水

和我说起了你。儿媳妇人不坏，就是嘴巴不饶人，有她在旁边，我们说话没那么方便。秋水说，他从小就认识你，如果我和你在一起，他很放心。

（抬起头笑了笑）那个时候，我悬着的心才终于放了下去，只要秋水同意，建娃子那里肯定没问题。

（站起来四处走动，看得出心里颇有些激动。）

赵乾亮：说完这些，我和秋水的妈都有些激动。说实话，在那样的年龄还能够遇到对的人，这是我们做梦都没想到的。我们绕着最大的那块玫瑰田，边走边说那些年的经历。田里的玫瑰花刚出花苞，紫黑色的玫瑰才露了个头。

（来回走了几步）不知过了多久，我和她的手牵到了一起。我的手很粗，她的手也不细，但是两只手握在一起，我和她都觉得踏实。旁边守田的人说，过两天，那些玫瑰头就会全部露出来，那时候，就可以请人来采收了。

（抬头望向观众席）其实与水稻花、玉米花比起来，玫瑰花的香味其实有点闷人。不过有秋水的妈在，那点闷人算不得什么。我们就那样一直围着玫瑰田走，直到天黑了才回去。

（边走动边说）张大六和魏母猪已经站在院坝里等我们。魏母猪说话历来直接，看见我们就说，我还以为你这么快就把我表妹带回家了呢，所以我忍不住对张大六说，他们两个这进展也太快了嘛。张大六笑着说，我就说了嘛，他们两个又不是才认识，肯定有很多话要说，你还不信呢。

（抬头望着观众席）他俩也不管我们好不好意思，站在那里只顾说自己的。那条叫妞妞的狗，也跑了过来凑热闹，围着我们叫个不停。陀螺，说实话，我从来没像那会儿那样觉得张家人那么亲切。魏母猪，不，我不应该再这样叫她了，我应该叫她魏木芝。魏木芝拿了几张凳子出来，我们就那样坐在院子里聊了起来。说到最后，魏母猪，不，魏木芝都已经替我们想好了婚礼。她说我们应该像那些年轻人一样，在葡萄园举行婚礼。葡萄园有一个大操场，周围结婚的人好多都在那里举行婚礼。

（停下来背着手走了一会儿，然后转过身面对着陀螺。）

赵乾亮：我们就那样一直坐在张大六家聊天，时间很晚了都不晓得。那条叫妞妞的狗一直在我们之间跑来跑去，它真的是有点客来疯，我们一叫它就过来了，唯独魏母猪，哦不，魏木芝叫它，它就像没听见一样，一点都不理会。

（站起来，面向观众席）从张大六家回来的时候，周围的人都已经睡了。那会儿，我才想起还没给建娃子说，于是赶紧拨通了他的电话。建娃子回来得晚，儿媳妇和小豆子睡了之后，他还窝在沙发里面看世界新闻。看见我那么晚了还

给他打电话，他吓了一跳，赶紧问我发生了啥事。我说我能吃能睡的，能有啥事。他就问我，那你为什么这么晚了还给我打电话？我故意装着不高兴的样子，说晚了就不能给你打电话了吗？那我马上把电话挂了。他怕我真的把电话挂了，赶忙说不是那个意思。我见差不多了，就给他说了我和秋水的妈的事。他听了很是高兴，说早上他还和儿媳妇说，我一个人在乡下不好耍，过几天他回来把我接去城里耍几天。

（笑了笑）我才不想回城里。如果我走了，哪个陪秋水的妈耍？建娃子听了故意装着不高兴地说，你俩还没结婚呢，你咋这么快就连儿子和孙子都不要了？我笑了一下，说你娃倒会现学现用。他说是呀，这不都是跟你学的嘛。

（往回走）建娃子说，等他放假了，就带着儿媳妇和小豆子回来看我们。

（回到了床前，在床沿上坐了下来。）

赵乾亮：陀螺，尽管天已经很晚了，但我还是睡不着。说实话，我从来没想过还会遇到秋水的妈。若是农村还像原来那样，估计她也不会回来，还是现在的政策好呀。

（转过头看了一下外面）好像有鸡叫了，虽然天已经晚了，但这鸡也叫得太早了嘛。我和秋水的妈说好了，明天我陪她去橘子林。不管有没有瞌睡，我都得睡了。

（看着陀螺）陀螺，我先睡了，明天的事我明天再给你说哈。

（赵乾亮拉了一下灯绳关掉了电灯，随后躺下睡了。）

（舞台变暗。）

——落幕·全剧终。

汽　水

男人的房间

陀　螺